小説
学を喰らう虫

マンモス学校法人に棲みついた暴君の大罪

北村 守
Mamoru Kitamura

現代書林

目次

小説　学を喰らう虫

第一章　背徳の椅子

1

二〇〇六年八月。

大阪の夏は暑い。管理棟六階の理事長室から見下ろす淀川の水面は、まるで油を流したように銀鼠色に照り返していた。だが、その暑さは、ガラス一枚隔てて空調の効いた理事長室にはまったく伝わってこなかった。

たったガラス一枚で、快適さがこんなにも違うものかと、坂口政雄はいまさらながら自分の置かれた現在の立場を胸のなかで反芻した。

学校法人大昭学園理事長――。

一〇日ほど前の理事会で決議されたばかりの坂口の新しい肩書きで、今日はその肩書きで初めて登園した記念すべき日だった。むろん、理事長室に主として足を踏み入れるのも今日が初めてである。

水の都・大阪を象徴する淀川の堤防沿いに本拠地を置く、学校法人大昭学園は、淀川工業大学、寝屋川大学、東広島大学と、それに大昭学園高校、中学の三大学、一高校、一中学を擁し、学生生徒総数二万一千余名が学ぶ関西でも五指に入るマンモス学校法人である。

年間の予算規模は、全学生の入学金、授業料、それに文科省からの私学助成金を含めて約六〇〇億円。

その全額が、坂口の思い通りになるわけではないが、汗水垂らして、発注者の嫌味な文句にも誤魔化し笑いを浮かべながら、二、三千万円の仕事を受注していた、坂口のこれまでの立場と比較すると、それこそ今太閤になったような気分だった。

一〇日前までの自分は、ガラスの向こう側の人間。

しかし、今日からは紛う方なくガラスのこっち側の人間である。

一〇日前までは、直射日光で温められたアスファルトから立ち昇る熱気がどんなに首筋にまとわりつこうと文句の言えない立場だったが、今日からは、暑ければ暑いと誰に気兼ねすることとなく言える。いや、自分から言わなくても周囲が忖度して冷房を調節してくれる立場に変わっていた。

学校法人大昭学園理事長。

今度は、小さく口に出して呟いた。

なんと心地よい響きだろう。

三年前に、大昭学園の理事に推薦されたときは、まさか自分が理事長になれるとは想像もできなかった。いや、理事に推挙されただけで十分すぎるくらい名誉なことだと思っていた。それがいまや、理事長である。

「学校法人大昭学園理事長……か」

もう一度、口にして坂口が理事長専用の椅子に戻ったとき、ドアをノックして法人室長の政光潤治が入ってきた。

「お、坂口理事長。椅子がよう似合いますな」

政光はお追従気味に笑いかけた。

坂口は、ちょっとカチンときた。

せっかく、人が理事長就任の余韻に浸っているときに、言うに事欠いて、椅子の話をするとは……。

坂口が座っている理事長専用の椅子は総革張りで背もたれが高く、一七八センチの大柄な坂口が座ると、ぴったりと体にはまって、まるでオーダーメイドしたように見えた。

坂口は、もともと現場で叩き上げてのし上がってきた人間である。

出身母体の大電工では副社長まで昇り詰め、社長争いで敗れて、大電工が出資して設立した子会社のトップスに追われたとはいえ、そこでは社長として君臨してきたのだから、背もたれの高い椅子に座ったことがないわけではない。

しかし、従業員数一〇〇〇名前後、売上高三十数億円の一民間企業と、学生生徒総数二万一千名、年間予算規模六〇〇億円の公益法人では、同じ経営者といえども、あまりにも格が違いすぎた。初登園のこの日、理事長室に足を踏み入れ、専用の椅子に腰を下ろして最初に感じたのが、そのことだった。

それをわざわざもったいぶって指摘された。

政光は、坂口自身が感じている格の違いを見透かしたうえで、あえて口にしたのだと、坂口は勝手に勘ぐった。

勘ぐりすぎかもしれない。

しかし、坂口がそう勘ぐるのには十分な根拠があった。

坂口が射止めた理事長の座は、政光の力なしには実現しなかった。そもそも、坂口に理事長の椅子を勧めたのが、ほかならぬ政光だったのである。

「坂口さん、あんた、理事長になる気はないか」

ボソッと漏らした政光の一言が、坂口の腹の底で燻っていた野心に火をつけた。

「政光先生、わしみたいなもんでも勤まりますやろか」

「勤まるもなにも東松でも勤まってるのや。あんたがその気なら、わたし、動いてもよろしゅうおまっせ」

「その気どころか、わしにやらしてもらえるんやったら、わし、政光先生に言われる通り、なんでもやります」

「なら、わたしなりに根回ししてみますわ」

ここから坂口の城盗り物語がスタートした。

わずか半年ほど前のことである。

それからの政光の働きぶりは見事というほかなかった。

秘書室長兼法人室長という立場を最大限に生かして、政光は大昭学園の全理事や評議員、校友会などに片っ端から根回しをし、次期理事長は坂口で決まり、という学内世論をあっという間に形成してしまったのである。

政光は、坂口新理事長を実現した最大の功労者だった。

それだけに坂口は、政光に対する一種の負い目を感じていて、それが政光の一言に必要以上に反応する一因になっていた。が、そんなことはおくびにも出さず、坂口は目を細め、顎を突き出すようにして穏やかに言った。

「おい、わし、トップスは辞めへんからな」

「え、なんですか?」

政光は、頓狂な声を出した。

「トップスは辞めないと言うてるのや。毎月第四金曜日はトップスの経営会議があるからな、その日はスケジュールを入れんようにしてくれよ」

トップスは、大阪電力グループの総合設備工事会社大電工の一〇〇パーセント子会社で、坂口はこれまでそこの代表取締役社長だった。

ただし、大昭学園では評議員、理事の選任に際しての取り決めがあった。それは、学園と利害関係にある者、いわゆる取引業者は評議員、理事には就任できないというものである。この取り決めにより、坂口は理事に選任された際にも、淀工大と取引関係にある大電工の役員であることが問題視されたが、当時は藤田理事長が急逝した直後で、学内が混乱しているさなかに選任された経緯があった。

しかし、学園運営のトップを決める理事長選任となると問題は別である。そのため坂口の理事長就任は、トップスの社長を辞めることが前提であると、一〇日前の理事会で理事全員から念を押され、坂口自身「必ずトップスを辞めます」と宣言してようやく認められたのである。

その約束を、坂口はいとも簡単に反故にするという。

ようやく坂口の意図が飲みこめた政光は、手を左右に振りながら進み出た。

「ちょっと待ってください。理事長は先日の理事会で、兼任はしないと約束されたばかりでしょう。そら、あかんのと違いますか」

「辞めないかんのは、社長のポストやろ。社長のポストは理事会で約束した通り、すぐに退任の手続きを進めるわい。せやけどな、トップスのほうは、わしに相談役で残って欲しいというてるのや。相談役なんて肩書きだけやないかい。そんなん、誰も気にするやつはおらんわい」

「それは……。理事の皆さんに知れたら、理事会が黙っておらんでしょう」

「お前が言わなんだら誰にも知られんやろ」

苛立ち気味に語気を強める坂口に、政光もつい声を荒らげた。

「庄司をはじめ、校友会が見てますよ。あんたがトップスを辞めるというから、庄司もわたしも理事長に推したんやないですか」

庄司正臣は理事の一人で、二五万人いる淀工大卒業生をたばねる校友会の会長である。今回の理事長選出に当たっても、校友会の立場から、坂口の理事長就任に最後まで難色を示した一人だった。

とたんに坂口の額に青筋が浮かんだ。

「おい、政光。誰に向かってものを言うとんのじゃ。お前、勘違いするな。ええか、今日からお前はわしの部下やぞ。わしが上司で、お前は部下や。そこんとこはっきりせんと、ほかへの示しがつかんやないかい。よう覚えときや」

言うなり坂口はプイッと肩を回し、わざとらしく顔をそむけた。

早く出て行け――。

坂口の硬い背中が、そう言っている。

政光は、これ以上なにかを言えば、よけいに坂口を刺激するだけと諦め、ゆっくりと踵を返した。

2

法人室の奥まった場所にある自分のデスクに戻ってからも、政光はいましがた理事長室で起きたことが信じられない思いだった。

大学を卒業して三〇年余り、政光は人生の大半を、俗にワンマンと言われる人の下で働いてきた。大学を出て、すぐに仕えたのは広島県選出の参議院議員で五期連続当選を果たし、自社対決の五五年体制下で日本社会党内に隠然たる力を誇った藤田進である。藤田は戦後間もない一九五二（昭和二七）年に、第二代総評議長として労働界をけん引し、翌五三年に電機労連をバックに政界に転出。参議院議員になってからは「まむし」の異名をとり、海千山千の政界でも、つねに一目置かれた強面だった。政光はその藤田のもとで秘書として社会人のスタートを切ったのである。

むろん、藤田は誰を恐れるものもない超ワンマンだった。

ワンマンはときに豹変する。

それは藤田が亡くなるまで、折に触れて感じてきたことだった。

だが、藤田はワンマンではあったが、人間味のあるワンマンだった。

もとより藤田といえども、ときには嘘をつき、約束を破ることがあった。しかしそれは、周囲も納得できる嘘や約束破りだったし、そのときの藤田は心底恥じているような表情を見せた。

また、政治家のつねとして藤田は、ときに強引とも思える裏工作を政光に命じることがあったが、それを苦にせず走り回ってきたのは、藤田の強面な外面からは想像できないほど、時折見せる内面の純真さに惹かれていたからでもある。

それに比べると坂口は、同じ豹変でも……。

政光は思わずため息を漏らした。

舌の根も乾かないうちにすぐに発覚する嘘をつき、それも平然として、恥じる素振りさえ見られない。

目算が違ったわけではない。

もともと、学園と利害関係にあるトップスの社長を務める坂口を理事長に推すことについて、難色を示す向きがなかったわけではない。先ほど、政光が名前を口にした理事で校友会会長の庄司はその急先鋒だった。

それを政光は、一人ずつ丁寧に説得して回った。

理由は、三年前に急逝した藤田に代わって理事長になった東松孝臣前理事長の専横ぶりが目に余ったからである。

東松は、京都大学工学部を卒業して大阪電力に入社。大電では副社長まで上り詰めた。その東松が大昭学園理事長に就任したのには、それなりの経緯がある。

前任の藤田理事長は、戦前、淀工大の前身である大阪工学専修学校を卒業して中国電力に入社。戦後は労働運動に身を投じ、第二代総評議長を務めて政界に転じたことはすでに紹介したが、出身母体は電機労連で、大電にも影響力を持っていた。

それだけに藤田は、参議院議員を勇退したあと、淀工大の理事長として大阪に常勤するようになると、関西政財界との結びつきを強めようと考え、その手段として、財界からは大阪電力、政治・行政分野からは元大阪府知事と元大阪市長などを理事に迎え入れ、藤田自身の大昭学園における政治基盤を固めた。関西経済界から唯一、大阪電力を選んだのは、藤田自身が電機労連を通じて大阪電力に縁があったこと。同時に関西財界における大阪電力の存在が飛び抜けて別格だったからである。

そうやって大電から推薦を得て大昭学園の理事に迎え入れたのが、当時副社長だった嶺井祐三である。藤田は、自身がすでに八〇歳代の後半に差し掛かっていたことから、嶺井を次期理事長含みで三顧の礼をもって迎え入れた。

ところが、嶺井は理事になって間もなく体調を崩して亡くなった。その空いた枠に大電から推薦されて入ってきたのが東松だった。

一方、藤田の申し入れは大電にとっても悪い話ではなかった。大電の副社長経験者を、すんなり受け入れてくれる企業は、関西広しといえどもあまりなかったし、中途半端な民間企業に天下りさせるというのは、本人のプライドはもとより、大電の体面を考えても許されることではなかった。

しかし、公益性のある学校法人の理事長となると話は違ってくる。なによりも叙勲の際に、公益法人理事長の肩書きは、勲章のランクを二つ、三つ押し上げる効果があった。功成り名をあげ、もはや名誉以外に欲しいものはない立場の人間にとって、勲章のランクがアップするのは、なににも代えがたい魅力である。また大電の人事対策としても、外に出ていく人間を説得しやすいという利点があった。

関西財界で、大電がいかに特別な存在かを象徴するエピソードがある。大電では、役員になると、大阪を代表する繁華街、キタの新地では飲んではいけないという申し送りがあったのである。

飲むなら祇園で飲め——。

真偽のほどは定かでないが、それが大電内部で囁かれている不文律だった。キタの新地では、どこでどんな人と出会うかわからない。取引先とよからぬ関係になっても困るし、反社会的な人間にすり寄られても困る。本人が、というより会社が困る。まさに、君子危うきに近寄らずで、その点、祇園なら安心できた。

実際、東松は祇園のお茶屋遊びにすごく慣れていた。

理事時代はおとなしかったが、理事長になって一年が過ぎた頃から本性を現し、毎週数回、祇園に繰り出すようになった。最初のうちは、政光も理事長秘書としてお供をした。しかし、毎回というわけにもいかず、途中から淀工大学長の北川禕一が同行するようになった。

北川は東松と同じ京大工学部の出身で、京大教授からの天下りで淀工大学長に就任。二人は同窓ということもあって、とても気が合った。加えて、東松は自宅が大津市にあり、北川は南禅寺の近くと、ともに帰路が京都方面という偶然も重なり、なにかあると祇園に繰り出すことが目立つようになったのである。

しかも、二人で連れだって行くときは政光を外した。となると、気の合う者同士、勢いで寄り道をする店も増えるから、支払額もどんどんふくらみ、あるときなど一晩に三〇〇万円の請求書が送られてきた。

その尻拭いをするのは、渉外費を預かる法人室長兼理事長秘書の政光である。

政光は、しばらくは見て見ないふりをしていたが、三〇〇万円の請求書を目の前にして、さすがに放置しておくわけにもいかず、東松に問い質した。

「理事長、先日、祇園のお茶屋さんから三〇〇万円の請求書が送られてきたんですけど、どないしたら一晩に三〇〇万円になるんですか」

「うん、それな、祇園では六時から芸子を予約しても、置屋を出るのは五時過ぎやからな、花代は五時からつくんや。それに芸子を呼べば芸者、芸子、地方の三人がワンセットでお座敷にくる。それで六時からお座敷が始まり、九時にお開きにしたとしても、そのあと、あっち行こう、こっち行こう、と芸子に二、三軒案内されたら、帰るのは夜中の二時、三時になるわな。花代はもちろん、芸者が連れて行った店の支払いも全部入っとんのやから、まあ三〇〇万は安いんと違うか」

東松は、他人事みたいに真面目な顔で説明した。

三〇〇万は安い――。

さすがに大電のお大尽遊びに馴れた人は違うと、政光は呆れ返って、それ以上言うのを諦めた。

政光自身、同僚と比べても自分は遊び人のほうだと思っていた。

新地には行きつけの店もなん軒かあって、それなりに顔の知られた存在でもある。

しかし、それでもサラリーマンが一晩に使える金は、大目に見て三〇万円が限度だと思っていた。いや三〇万円でも伝票を切るときには多少の後ろめたさが付きまとうし、それがふつうの感覚で、祇園遊びの三〇〇万円が安いという感覚は、あまりにも世間の常識とかけ離れていて、政光は空恐ろしさを覚えた。

いまの時代、電気は空気や水と同じくらい必需品で、電気を止められたら明日食べる米を炊くのにも困るから、人々は、なにはなくても電気料金は先に払う。そんな人たちから集めた金の上に胡坐をかいて、三〇〇万は安いという感覚……。

政光は、東松を支えていく自分の立場に空しさを覚えた。

東松は、自分がどんなに諫言しても考えを改めてくれるとは思えないし、そうであれば、早く理事長の座から引きずり下ろして、新しい理事長を担ぎ出すほうが、学園経営にとってもいい選択ではないかと考え始めた。

祇園遊びだけならまだしも、東松は学園経営に対しても無関心で、経費節減に対する配慮がまったくなかった。

大昭学園では、理事長と学長には運転手つきの公用車が与えられていたが、東松担当の運転手は夜中の二時まで祇園で待機し、その後、大津市の東松の私邸へ送り届けてから、大阪市内の自宅に帰りつくのは明け方の三時、四時過ぎ……。そして翌朝、再び大津市まで迎えに行く。そんなことが、ほぼ毎週繰り返されて、ほとほと困り果てているという話が、政光の耳にも届くようになった。

そうしたことを、同じ理事の立場で学内改革を訴えていた坂口に話した。

わずか一年前のことである。

久しぶりに新地に繰り出し、数軒の店を回って、政光がタクシーの配車待ちで使う馴染の店に寄ったときだった。

「おやおや、政光先生。先生もよくこの店、お使いになるんですか？」

店の奥から坂口が目尻を下げて近寄ってきたのである。

政光は、同じ理事仲間ではあったが、坂口とはあまり親しくしてこなかった。というより意識的に避けていた。

理由はとくにない。

あえていえば政光の嗅覚というか、坂口にはどこか胡散臭さが付きまとっていた。

坂口は藤田理事長時代に、大昭学園の電気設備を一新する工事の入札業者の一人として藤田に急接近し、その後、淀工大ＯＢとして評議員に名前を連ねながらどんどん仕事を取って藤田の懐に食い込み、二年前、藤田体制から東松体制に引き継ぐ際の理事会でようやく理事に就任した。その藤田に対する急接近ぶりが、政光が感じる胡散臭さの一因になっていたことは確かである。

だが、この日はどこか人恋しかったのかもしれない。

あるいは東松の無軌道な専横ぶりに辟易して、誰か話を聞いてくれる相手を求めていたのかもしれなかった。

政光は酒の酔いも手伝って、東松理事長の行状の一部始終を坂口に話した。

とたんに坂口の目の色が変わった。

「政光先生。それは大問題でっせ。もっと早う相談してくれはったらよかったのに。先生一人で悩みはって、そら大変でしたな」

坂口は酒が入ると、政光のことを先生と呼んだ。

年齢は坂口のほうが一六も年上だったが、先生とおもねるところに当時の二人の位置関係が読み取れた。

「そうは言うても東松理事長は藤田前理事長のご指名ですさかい、なんとか東松体制を上手く維持せないかんと考えてましたんや」

「あかん、あかん。東松にまともな人間性を求めるなんて、八百屋でさかなを求めるようなもんや。どないに待っても出てきまへん。わしは大電の役員がどんな性格してるか、よう知ってるんや。あいつら、仕事はなにもできひんくせに自分たちの給料や交際費はなんだかだ名目をつけて持っていきよんねん。なにか問題が起きると全部、部下のせい。功績は自分のおかげ。昔から一つも変わってへん」

坂口は吐き捨てるように言った。

「そうか、坂口さんとこは大電の孫会社やから、大電の役員がどんなもんか、身内同然でよう知ってるわけや」

「政光先生、身内いうたかて、身内は大電工までや。わしとこは大電工の子会社やから、大電の役員からみたら鼻くそみたいなもんでっせ」

「鼻くそでも、大電にすれば不愉快な話やろ。あんた大丈夫かいな？」

「大丈夫もなにも、わしにとっていまは母校の一大事や。わしは藤田理事長に可愛がってもろうたから、これからは母校のためにお役に立とうと、そのときからずっと決めましたんや」

坂口は、わざとらしく前理事長の藤田の名前を出して大袈裟に頷き返した。政光が藤田の子飼いで長年、藤田体制を支えてきたことを十分に意識した発言であることは疑いなかったが、もとより政光の気分が悪かろうはずもなかった。

「そうか。ま、わたしも長年、藤田に仕えてきて、藤田は立派やったし、大昭学園にとって大変な功績を遺した中興の祖やとは思うけど、後継者選びだけは失敗したなと思うてましたんや」

「そら藤田さんかて人間や、全部が全部、完璧いうわけにはいかん。そやかて、いまならまだ間に合う。藤田理事長のミスの穴埋めは、藤田理事長の薫陶を受けてるわしら二人でやればええこっちゃ。政光先生、わし、力になりまっせ」

坂口は帰り際に、政光のポケットにぶ厚い封筒を押し込んだ。

気にも留めずに別れたが、タクシーの後部座席で封筒を取り出してみると、中には銀行の封緘をした一〇〇万円の束が一つ入っていた。

そうか――。

これが工事屋さんの常とう手段か。

その頃までは、坂口は関西でも名うての談合屋とは知らなかったから、政光はそう勝手に一人合点し、そのまま封筒を鞄の中に移し替えた。

坂口はその後も季節の変わり目ごとに政光を飲みに誘うと、帰りにいつも五〇万円ほど、手渡すようになった。同時に坂口は、政光とのコンタクトを得たことで、いつしか藤田の直弟子みたいな顔をして、東松降ろしの急先鋒に立ったのだった。

3

「あら、まーさん。お久しぶりやね。どこで浮気してたん？　もう、うちの店、忘れはったんやないかと思うてたわ」

チーク材の厚い一枚板を使ったドアを開けて店に入ると、政光の姿を目ざとく見つけたママの由紀野が小走りに寄ってきて、政光の鞄を取り上げた。

「久しぶりか。うん、一カ月ぶりかな」

「なに言うてはるのよ。前回、来たんが六月三〇日やったんよ。なんや校友会の幹部とか言わはる人を二人ほどお連れして来られたやないの」

「そうか、もう評議員会から二カ月が経ったんやなあ」

言いながら政光が背広を脱ぎ、ネクタイを緩めると、由紀野は素早く背広を受け取り、空いた手でおしぼりを渡して笑いかける。

「大丈夫。まーさん、まだボケるの早いわよ」

「いやいや、もうすっかりもの忘れが酷くなってしもうたわ」

「きょうは、どこか回ってきはったん？」

ボーイが運んできたグラスに氷を入れて、水割りを作りながら由紀野が言う。政光は、大学から真っ直ぐ帰る気になれずに寄ったとも言えず、話題を変えた。

「あ、わしな、できるだけ薄うしてや」

「はい、シングルにしたわよ。まーさん、最近、いつも薄くしてくれって言うから」

「ようわかってるな」

「なん年、付き合うてると思うてんの」

「そんなに長い付き合いになるか」

「藤田理事長はんが参議院をやめて淀工大の専任理事長になられた年に、初めて会うたんよ」

「そうか。藤田が専任の理事長になったのは昭和五八年やから、一九八三年や。いま二〇〇六年やろう。ひやぁー、ママとの付き合いも、もう二三年になるんかいな」

政光はおどけたように両手を広げて声を上げた。

「まーさんは、あたしがお店持ってすぐのお客さんやったから、よう覚えてるの」

由紀野は水割りのグラスの外側に付いた露をナプキンで拭いて政光に手渡した。

「それにしても二三年とはなあ……」

おれも歳をとったはずだと言いかけた言葉を飲み込み、水割りを口に含む。

あの頃――。

そう、藤田が一九五三年に参議院に初当選して以来、連続五期三〇年に渡って在籍した参議院議員を勇退し、淀工大の専任理事長として大阪に新しく住まいを構えたのは、秘書の政光が三〇歳になった年であった。専任……というからには、その前は兼任だったということでもある。

いまを遡ること三十数年前の一九六〇年代後半、淀工大は深刻な問題に直面していた。七〇年に開催されることが決まった大阪万博を前に、名神高速道路と大阪の中心街を結ぶ阪神高速一二号線の建設計画が発表され、淀工大の校舎敷地のすぐ南側を通るルートが示されたのである。当初の設計では橋脚が低く、設計通りに工事が進むと通行車両の騒音問題が生じることが予想された。

高速道路の騒音は、淀工大の近隣住民にとっても憂慮すべき問題である。計画が具体化するにつれ、なんとかできないものかという住民運動が起こり、淀工大も住民と一緒になって、当時の建設省、道路公団に陳情をかけることになった。

そのとき、知恵者がいた。

陳情の折、間に国会議員を立てると、役所側も無下に門前払いを食わせにくくなるというのである。

誰か議員の知り合いはいないか？

淀工大のＯＢが参議院議員でいるぞ。

誰だそれは？

日本社会党の藤田進だということになり、藤田はいつしか陳情団の先頭に立って建設省と渡り合う羽目になった。その結果、阪神高速一二号線は計画当初よりも橋脚が高くなり、騒音問題は一気に解決したのだった。

やはり国会議員を使うと違う。

当時、理事長だった田上憲一は、自らも文部省に何度も足を運んでいた経験に照らして、役人の対応がこんなにも違うものかと改めて驚愕した。

それならいっそのこと、次期理事長に藤田を据えようということになり、藤田は大阪万博の前年、一九六九年に淀工大理事長となり、以後、八三年に参議院議員を勇退するまでの一四年間、ずっと二足のわらじを履き続けたのである。

それが一変したのは、藤田が参議院を勇退し、専任で淀工大の学校経営に乗り出してからである。

まず、学内に反発が生まれた。

その急先鋒は常務理事の田上綱彦だった。

藤田に理事長の座を譲った前理事長、田上憲一の孫である。綱彦は、いずれ理事長の座は田上家に返されるものと思っていた。祖父が藤田に理事長を任せる際に、綱彦がまだ若いので、成長するまでのつなぎ役として頼んだというのが言い分だった。

「藤田さんかてそう言うたやないですか。おれは参議院をやめたら広島に戻るのだから、お前が理事長として経営していけ。それまでおれが政財界の人脈を通してお前を育ててやると、そう言いましたよね」

綱彦はそう主張し、淀工大は田上家が創業したのだから、理事長に就任するのは当然だと言い始めたのである。

この主張に、淀工大OBを束ねる校友会の一部が加担した。

もともと大阪工学専修学校として、一九二二年、つまり大正一一年にスタートした淀工大は、伝統的に土木・建築分野に強く、いわゆるゼネコンに多数の人材を輩出していた。そのOBたちが利権を求めて母校にすり寄る。そんな風潮が田上憲一の時代に芽生えていた。見方を変えると、そういうOBにとっては、業界の人間ではない藤田に理事長として居座られると自分たちの出る幕がなくなると、その不安からアンチ藤田の動きを強め、綱彦を担ぐ側に回ったのである。

こうしたアンチ藤田サイドの切り崩し、懐柔工作は政光の仕事になった。

懐柔のためには当然ながら、飲ませ、食わせが必要になる。

政光が三日と置かずに由紀野の店に通うようになったのは、淀工大ならではの構造的な権力争いが背景にあった。

政光は校友会や評議員などに手を回し、田上を理事から外すことに成功した。理事任期の満了を持って再任されないよう工作したのである。

田上は、淀工大は田上家のものだと主張して裁判所に地位保全の訴えを起こしたが、公益法人たる学校法人に世襲制が認められるはずもなく、訴えは全面的に却下されて田上は表舞台から消えた。

一方で、藤田は三〇年間の議員活動で培った政官界に巡らした人脈を駆使し、矢継ぎ早に大学の増設と、学部学科の新設を打ち出した。

まず七五年、寝屋川市に開設して工学部のみ一学部で運営していた寝屋川大学に、八二年国際言語学部と経営情報学部を新設、八三年に薬学部、八五年外国語学部、八八年法学部をそれぞれ新設した。

さらに藤田の故郷でもある広島にも九八年に東広島大学を開設。当初、医療福祉学部と保健医療学部の二学部四学科でスタートしたが、三年後の二〇〇一年には人間環境学部、〇二年社会環境学科、〇三年看護学部と既存の大学では考えられないピッチで学部や施設の拡充をはかっていった。

いずれの大学も、団塊ジュニア世代の進学時期に当たったこと、折からの大学全入ブームを受けて、新設した学部学科は入学希望者で溢れ返り、藤田は大昭学園を関西でも指折りのマンモス学園に育てあげた、まさに中興の祖として、三つの大学と、学生総数二万余名を傘下に収める大理事長となったのである。

こうなると、学園の予算規模は幾何学的に膨れ上がる。

政光が淀工大職員として初めて赴任した当時、淀工大の年間予算は一〇〇億円にも満たなかった。それが大昭学園となったいまでは六〇〇億円に膨らんでいた。

その年間予算の一パーセントが渉外費として組み込まれた。

渉外費は法人室長の管轄である。

政光は自分のハンコ一つで莫大な金を動かせるようになった。

そしてそれは、藤田が急逝して東松時代になってからも続いた。

政光が東松のお茶屋遊びの始末をしたのも、その東松の解任に向けての評議員たちへの根回し工作をしたのも、すべては渉外費という潤沢な工作資金が手元にあったからである。

大人の世界は、手ぶらでは誰もついてこない。

学内民主化という大義名分があればあるほど、表に出せない金が動く。大は国会議員から文科省の役人、小は県や市の教育委員、講演会で呼ぶ町の郷土史家まで、それ相応の気配りが必要だった。

世間常識を外れてはいけない。世間並でも喜ばれない。

世間並より二、三ランク上、相手が尻込みしないけれども多少の後ろめたさを感じる程度の饗応をする。それも一度ならず二度、三度とやる。そのための資金を政光はハンコ一つで自由にできた。

藤田ワンマン体制下で、藤田に取り入ろうとする者は、まず政光に接近する。政光はキタの新地では、行く先々で「先生」と呼ばれ、誰知らぬ者はないほど有名人になったのだった。

「まーさん、まーさん、そろそろお目覚めになって」

肩を揺すって起こす由紀野の声に、政光は我に返った。

いつの間にかまどろんでいたようである。

「あ、眠ったのか。いやー、気持ちよかったわ」

「疲れてはるんやね。あんまり気持ちよさそうやったから、そのままにしといたんやけど。水割り、作り直すから、飲み直そう」

「おおきに」

「ええ夢でも見てはったんやね」

「なんか、寝言でも言うてたか」

「寝言は言うてへんけど、顔が笑うてはったわ」

「あのころはよかったな」

「なに、お年寄り臭いこと言うてはるの。まーさん、まだ五三歳でしょ。男は五〇からが花よ。まだまだ一花も二花も咲かせなあかんで」

「ほんまや、男は五〇からが本当の勝負やな。よっしゃあ、やったるで」

「そうや、そうや。それでこそ、まーさんや」

由紀野に肩を叩かれ、政光は弾みをつけて立ち上がると、新しく作った水割りを一気に飲み干した。体の芯からエネルギーが充満してきた。予期しなかった坂口の豹変ぶりに思わず気圧されたが、ここで尻尾を巻いたのでは男がすたる。

こんなことで負けてたまるか。

なんのために藤田に仕えてきたのか。

政光は、藤田が亡くなったとき、一時は心の支えを失ったようで、ひどく落ち込んだ。しかし、東松のでたらめさを見ているうちに、これからは自分が藤田にとって代わるのだと思うようになった。東松を理事長の座から引きずり下ろし、新しく坂口を担いだのも、もとはと言えばそこに政光の思惑があったのである。

「ママ、景気付けになにか美味いものでも食いにいくか」

「やったあ、それならきょうは早仕舞いにするわ」

女児のように小躍りする由紀野を見ながら、政光は奥歯をぐっと噛みしめた。

坂口め、いまに見ていろ。

胸で呟いて、政光はグラスの底に残った氷を口に含み、音を立てて噛み砕いた。

なんであんなこと、言ってしまったのだろう。坂口は、あの日以来、そのことばかり考えていた。

「きょうからは、わしが上司で、お前は部下や」

無意識のうちに口を衝いて出た言葉だったが、言ってしまったあとで、坂口は心が痛んだ。そんなこと、わざわざ口に出さなくても政光はよくわかっている。わかっているからこそ自分を理事長に担ぎ出したのである。

4

坂口が、政光と親しく言葉を交わすようになったのは、藤田急死のあとを受けて、後任の理事長選びで政光から声をかけられ、一緒に東松支持の先頭に立ったあたりからである。それまでも、政光のことはよく知っていた。しかし、口をきいたことはほとんどなく、どちらかといえば煙たい存在だった。

当時、藤田体制を支えていたのは、正司斉と政光の二人である。

正司は人事と財務を担当し、政光は理事長秘書として企画と渉外部門を担当、二人は大学職員でありながら理事にも名前を連ね、文字通りクルマの両輪としてワンマン藤田の権力基盤をがっちりと守っていた。

そういう体制にしたのには理由があった。

藤田は田上前理事長のたっての頼みで理事長に就任した。

だが、藤田が理事長に就任した当初、理事会をはじめとする学内は田上一派で占められ、藤田の味方は誰もいなかった。それでも藤田が理事長を続けることができたのは、本職が参議院議員で理事長職は片手間だったからである。

しかし、専任で理事長をやるとなると、そうはいかない。藤田は甥の正司に資金と人事を担当させ、その後、政光に企画渉外を任せることで藤田体制を強化した。

二人はともに広島出身の藤田人脈で、外から淀工大に下りてきた落下傘部隊だった。当然、淀工大関係者からみれば外様大名であり、それゆえ淀工大の悪しき慣習や人脈に影響を受けることなく、藤田の指示通りに学園経営を進めることができたといえるだろう。

その態度は、淀工大ＯＢの坂口に対しても同じだった。

坂口が藤田に接近したのは、一にも二にも仕事が欲しかったからだが、藤田の許に顔を出すと、いつも正司か政光がそばに張り付いていて、藤田と二人だけで会うのを妨害するかのように目を光らせていた。

ところが、藤田が病没したとたん、そんな正司と政光の関係にほころびが生じはじめた。

次期理事長に東松を推す政光の動きに対し、正司は自分が次期理事長に名乗りを上げたのである。同じ藤田の縁戚で、正司は政光の一〇歳年長だから、ふつうに考えれば政光は正司支援に回ってもおかしくなかった。

しかし、そうはならなかった。

なぜ正司を応援しないのか、坂口は政光に直接、確認したことがある。

「東松を次期理事長に、というのは藤田前理事長の遺言なのです」

坂口の問いに、政光は顔をあげてきっぱりと答えた。

「遺言?」

「藤田が亡くなる直前に、東松を呼べというので病室に呼んだら、藤田は東松の手を両手で握って、次の理事長はあんたに頼みたいと言うたんです」

「なんでまた、東松なんや?」

「わかりまへん。たぶん東松を大電から非常勤理事に推薦してもらうに当たって、大電の会長にそんな約束をしたんやないでしょうか」

「もし東松が藤田理事長の遺志やというのなら、正司は自分が理事長になろうなんて思わんのやないですか」

「正司が知っていたら引き下がったと思います。けど正司は、藤田がそんな考えでいたことを、まったく知らなかった。もちろん病室で東松に直接言うたことも、正司は知ってまへん」

政光の返事に、坂口は上目遣いで覗きあげた。

「けど、政光先生。東松を理事長にするのは容易なことやおまへんで」

「わかってます。そやから坂口さんにお願いしているんです」

「藤田さんは淀工大のＯＢやったけど、東松は京大出身で、大昭学園とは縁もゆかりもない人間や。なんで京大出を理事長にせないけんのやという声は、校友会から、かなり強う出てますさかいな」

「そうです。藤田が健在ならそういう声を封じることもできたと思いますけど、肝心の藤田が亡くなってしもうたいまとなっては、これまで表に出てこなかった藤田への反発もアンチ東松の動きに拍車をかけていると思うてます」

　晩年の藤田は、故郷の広島に開設した東広島大の経営に熱心で、淀工大の資金を相当つぎ込んでいて、それも淀工大ＯＢの反発を買う要因になっていた。その藤田に指名された次期理事長候補が、淀工大出身ではない東松とくれば、淀工大関係者が反発するのは当然な成り行きで、そういう不満分子が正司を担ぐ側に回っていたのである。

「それで、東松の勝算はどないですねん」

「正司は学内でまったく人気がないですよって、最終的に評議員会や理事会をまとめきれんやろというのがわたしの予想です。そやから、たぶん東松で大丈夫や思いますけど、校友会の東松に対する反発が予想以上で、それで坂口さんにこうしてご相談しているんです」

「わしかて校友会の一員でっせ」

「よう存じています。けど、坂口さんが負け馬に乗るとは思えまへんし、それ以上に東松は大電の副社長だった男です。いってみれば坂口さんの親分みたいなもんや。親分に貸しを作っておけば坂口さんの立場もようなる。理事会における発言力も強うなるのと違いますか」

政光は、坂口の心の内を見透かしたように一番痛いポイントを衝いてきた。

坂口が社長を務めるトップスは、大電工の子会社であり、大電工は大阪電力の子会社である。大電工副社長からトップスの社長に天下った坂口にすれば、わざわざ指摘されなくても誰を応援すればよいかは言わずもがなのことであった。

無言でじっと見返す坂口。

その視線がふっと緩まり、坂口は唇を小さく歪めて政光の手を握ってきた。

以来、坂口は東松理事長実現に向け、陰に陽に活発に動き回った。

その結果、ポスト藤田を巡る後任理事長争いは、正司が途中で候補を下りて、東松新理事長が実現した。

大昭学園では、理事長を決める理事会のメンバーは、評議員会が選ぶことになっていて、評議員会は教職員から選ばれる一五名、校友会から選ばれる一五名、それに学園から委嘱を受けた学識経験者一〇名の合計四〇名からなる評議員で構成されていた。つまり、理事会を動かそうと思えば、評議員を動かさなければならず、評議員会を動かしたければ、学識経験者や校友会などとも交流しておく必要があった。

政光は藤田理事長の秘書という立場で、学識経験者はもとより、教職員や校友会の幹部たちとも日頃から接触していて、そういう人脈を通じた根回しと、校友会の一部強硬派を強引に切り崩した坂口の剛腕との連携が上手くいって、東松体制が実現したのだった。

その後も、政光との関係は、季節の変わり目ごとに、顔を合わせれば五〇万円程度の小遣いを渡すような付き合いが続いていた。

それがさらに急接近し、互いにキタの新地で落ち合ってグラスを酌み交わす関係にまで発展したのは、皮肉にも自分たちが担ぎ上げた東松を理事長の座から引きずり下ろす工作においてであった。

坂口と政光が校友会の一部にあった根強い反対を押し切ってまで理事長に担いだ東松は、いざ理事長に据えてみると、当初、期待していた経営能力はほとんどなく、学園の経営方針を決める理事会の運営は、もっぱら政光の仕事になった。理事会の議題を決めて理事を招集し、事前に議題の内容を伝えて議事進行についての根回しを済ませ、そのうえ理事長の挨拶文まで政光が書いていたのである。

それでいて、祇園のお茶屋には三日にあげずに通う。

最初のうちは見て見ないフリをしていた政光も、さすがに理事長専用車の運転手から苦情が届くようになると放置しておけなくなった。

といっても学園職員の立場で、直接理事長に進言するわけにはいかない。結果、政光は自分の手に余った東松の処置をどうしたものかと坂口に相談し、坂口は政光に代わって東松糾弾の先頭に立って動き回ったのである。

以来、坂口は政光を理事会の中で一番気脈の通じる相手だと思うようになった。それはおそらく、政光も同じだったに違いない。だからこそ政光は、東松の追放が決定的になった際に、後任の理事長に自分を推したのである。

いや、正直なところ、政光がどんな思いで自分を理事長に担ぎ出したかは、よくわからなかった。たぶん政光には政光なりの計算があったのだろう。

しかし、そんなことはどうでもいい。

確かなことは、間違いなくおれは理事長になれたということである。

おれは大阪電力副社長と肩を並べることができた。

天下の大電の副社長から見ると、子会社の大電工の、そのまた子会社のトップスの社長など、鼻くそほどの価値もない存在に違いない。それが大電の副社長を経験した東松にとってかわった。坂口はわざわざ大電ビルに駆け込み、大声で叫びたいくらいの気分だった。

そういう誇らしげな気分にさせてくれたのは、間違いなく政光だった。そんな政光に、なぜあんなつまらないことを言ってしまったのだろう。

とはいえ、いまさら言ってしまったものを取り消すわけにもいかない。

どうするか？

取りあえずは政光の資金源を断つしかないな。

政光は、藤田という後ろ盾を失ったあとも、学園内で評議員会や理事会を意のままにコントロールしていたが、それは政光にハンコ一つで自由に使えるお金があるからだと、坂口は睨んでいた。

その資金源を断ってしまえば、政光は自分の思い通りになる。

坂口は、自分にそう言い聞かせると、背の高い理事長専用椅子から立ち上って窓辺に向かった。六階の理事長室から見下ろす淀川の河川敷では、大昭学園高校ラグビー部の部員たちが大きな声を張り上げ、真っ黒になってコートを走り回っている。

理事長になってから、まだ数日しか経っていないが、坂口は、いつの間にかそんな窓外の景色を見るのがお気に入りになっていた。

5

坂口が新理事長になって三カ月が過ぎたころ、政光は、新しく常務理事に就任した杉田良一から呼び出しを受けた。指定された理事長応接室に入っていくと、隣の理事長室に通じるドアは閉まっていて、杉田はひとりで待っていた。

「理事長は？」

「さっきまでご一緒にいたんやけど、いまは外出中や」

政光の問いに杉田は軽く受け流した。政光は、見え透いた嘘をつきやがってと腹のなかで呟いた。理事長室と理事長応接室をつなぐドアは、ふだん開け放たれていて、ドアを閉めるのは、それなりの理由があるときだった。が、政光はそんなことをおくびにも出さず、杉田の言葉を待った。

杉田はひとしきり世間話をしたあとで、改めてこう切り出した。

「ところで政光さん、東広島大の事務長が退職して空席になってるんやけど、あなた、行ってくれませんかね」

杉田は坂口の推薦で三年前に理事になっていたが、もとは武蔵銀行専務から、武蔵銀行が白水信託銀行と共同で設立した日の丸トラスティサービス信託銀行に転出、初代社長に就任し、一期務めて退任した経歴の持ち主だった。日の丸トラスティサービス信託銀行は、日本初の資産管理銀行と銘打った新しいタイプの金融機関で、坂口が杉田を理事に推薦したのも、毎年、四月から五月にかけて集まる六〇〇億円に上る入学金などの資産運用が目的であることは容易に推察できた。

杉田は京都大学経済学部卒で、武蔵銀行では出世頭だったというのが自慢らしく、人を見下すような態度をとることがあった。その態度が鼻について、政光は理事会でもあまり口をきいたことがなかった。それがいきなり、そういうのである。

「広島？　なんでわたしが広島に行かなきゃならんのですか」

政光は顎をあげて睨みつけた。

理事会での序列では、杉田は常務理事、政光は平理事だったが、大昭学園における在任期間や実績は、おれのほうがはるかに上だという思いがあった。政光は、きのう今日入ってきたばかりのお前ごときに舐められてたまるかといわんばかりに、目に敵意を込めて見返した。

しかし杉田は、そんな政光の視線を軽くいなし、薄い唇を歪めて笑いかけた。

「確か政光さんは広島のご出身でしたな。広島にはまだご両親もご健在でしょうし、ご親戚も多いのではないかと、理事長もそう言うておられましたよ」

「お断りします。わたしは広島には行きませんよ」

「そうですか。政光さんのためにもいい人事だと思うのですが、ご無理ですか」

杉田は細面の眉間に縦皺を寄せ、神経質そうな表情を浮かべて言ったが、政光はそれには答えず、自分から立ち上がって応接室を出た。

それから半月ほどのちのことである。

珍しく坂口から直接、電話がかかってきた。

「あ、政光。来月の私大協の総会なんやけどな、どや、一緒に行かへんか」

私大協とは、日本私立大学協会のことである。

現在、日本には四年制の大学が全国に約五三〇ある。そのうち俗に老舗とか名門といわれる慶應や早稲田、明治、同志社、関学などの私立大学は、日本私立大学連盟を組織している。連盟への加盟校は約一二〇大学。あとの四〇〇余の大学は日本私立大学協会を組織していた。協会は北海道、東北、関東、北陸、中部など、全国を九つのブロックに分けて支部を置き、毎年一回、各支部の持ち回りで総会を開いていた。その総会が、今年は北海道支部の受け持ちになっていたのである。

大昭学園では、総会には理事長が出席するのが慣例だった。

しかし、坂口は理事長になったばかりで不案内だから、かつて藤田の名代で何度か出席したことのある政光を案内係として帯同したいのだろうと推察した。

「いいですよ。来月はとくにこれといった行事もありませんし」

政光は軽く答えた。

ところが当日の朝、伊丹空港に着いてみると、坂口のほかに杉田と横田親良の二人が待っていたのである。

横田は淀工大の機械工学科を卒業後、同大の助手から講師、助教授を経て教授になった苦労人だったが、学内における評判は必ずしもよくなかった。上に弱く、下に強い、長いものには簡単に巻かれるタイプで、いわゆる風見鶏的な言動が目立ったからである。それは一〇年前に藤田に引き立てられて工大付属高校長兼理事に就任しながら、東松が理事長になれば東松べったり、坂口が理事長になればすぐ坂口に恭順の意を示すような節操のなさにも表れていた。

政光は、空港で三人の顔ぶれを見たとたん、嫌な予感がした。

その予感は的中した。

札幌に着いてホテルで旅装を解き、飯でも食おうと、すすきのに繰り出し、ジンギスカン料理屋に腰を下ろしたとき、アルコールで真っ赤になった杉田が再び切り出したのである。

「政光さん、先日の件ですけど、もういっぺん考えてくれませんかね」

「先日の件って、なんですか?」

政光はわざと、とぼけて言葉を濁した。

「広島の件ですよ」

「広島がどないしたんですか」

「だから、広島の事務局長の話ですよ。広島はご存じのように事務局の運営が上手くいってない。ちょっと経費がかかりすぎていましてね。やはり四方八方に目配りのできる事務局長がいないと困るんですよ」

杉田の言葉にうなずき、坂口が政光のグラスにビールを注ぎながら相槌を打つ。

「この前は常務がいきなり切り出して、あんたも気分を害したみたいやけど、ほんまの話、広島は事務局が手薄で困っとんねん。あんたは藤田理事長の懐刀やったし、あんたが広島に行ってくれたら睨みが利いて、学園全体の雰囲気もガラリと変わるんやないかと考えてのことなんや」

「政光さん、広島でのんびり過ごすのも悪うないで」

横田も三人の会話に乗り遅れまいとして口を挟む。

その横田を手で制しながら、再び杉田が顔をあげた。

「のんびり過ごせるかどうかはともかく、いま坂口理事長と大昭学園のブランド力を上げるための中長期的な経営計画を練っているんですけどね、その中には三大学の統合という問題もあるんですわ。東広島大学という名前がいいのかどうか、むしろ大昭学園広島キャンパスとしたほうが生徒募集で有利に働くかもしれへん。そういうことも含めて、本部との連携をいままで以上に緊密にしたいというのが理事長の意向でして、この仕事は政光さんをおいてほかにないと思うてるんです」

入れ替わり立ち替わり、転勤を迫る三人の態度に政光はだんだん腹が立ってきた。

美味いと評判のジンギスカン料理の味は、すでに感じなくなっている。

政光はグラスの底に残っていたビールを飲み干すと、眉を上げて三人を交互に見回し、それから下腹に力を入れておもむろに顎を上げた。

「おう、あんたらな。わしが煙とうなったから切り捨てようというんか。坂口さん、あんたが今日あるのは誰のお蔭や。坂口理事長実現のために、わしがどんだけ働いたか、あんたが一番よう知っとるやろ。それが、もう用がなくなったからいうてお払い箱かい。あんたがそういう態度を取るんやったら、わしにも考えがあるで」

下から舐めるように見上げ、ドスをきかした低い声で唸る政光の剣幕に、さすがの坂口もあわてて腰を引いた。

「ちょ、ちょっと待ってや。誰もあんたのことをそないに考えているんやない。ほんまに東広島大の事務局長にええ人材がいなくて困ってるんや。それに政光さんは広島出身やからな、ご両親も兄弟親戚もいてはるんやったら、あんたにとってもええ話と違うかいうて杉田が提案したんや。あんたが、そんなに広島に行くのがいややいうんなら、わしも無理にとは言わへん。な、この話は白紙に戻すさかい、機嫌直してもいっぺん飲み直そう」

坂口は額から吹き出る汗を拭くのも忘れて懸命に慰留した。

6

季節は晩秋になっていた。

ひところの熱気を孕んだ夏のムッとする暑さはすっかりなくなり、淀川を渡ってくる風からはセイタカアワダチソウの乾いた匂いが漂ってきた。

札幌で啖呵を切って以来、政光に対する広島行きの話はようやくなくなった。

政光は、毎日決まった時間に出勤し、決まった時間に家に帰る日々が続いた。

そんなある日、政光の許へ、淀工大の卒業生で評議員をしている篠山智男が訪ねてきた。

篠山は淀工大のすぐ近くに住んでいて、政光が声をかけて評議員に推薦した男だった。

一九二二年に大阪工学専修学校として創立された淀工大は、すでに開校八四年の歴史を有し、卒業生は二五万名を超えていた。その卒業生を組織した校友会は全国に七〇以上の支部があり、藤田理事長の許で渉外室長をしていた政光は、そうした全国の支部の総会に、理事長の名代で出席するのが一つの仕事になっていた。

また校友会は、三ヵ月に一度幹部会が開かれ、加えて年に一度、全国の支部長を本部に集めて年次総会を開催していた。そうした際には、幹部はもちろん、全国の支部長たちも泊りがけで大阪に集まってくる。

そんなときに政光は、目をつけていた支部長たちに声をかけてキタの新地に飲みに誘った。

むろん、ただ飲むためにだけ誘うのではない。

飲みながら話を聞いて、気持ちの通じる相手かどうかを確かめ、意気投合すれば「大昭学園の評議員に推薦したい」と持ちかけるのである。

もともと校友会の支部長を引き受けるような人は、それなりに功名心も野心も持っていた。

当然、理事長名代の政光に声をかけられれば悪い気はしない。

それが評議員にならないかと勧められる。

校友会の支部長七十余名の中から、もう一段選抜されて評議員になる。校友会評議員は卒業生の中でもとくに著名企業の役員や地元で実績を残した人物を中心に選んでいたから、評議員に推薦されることは卒業生にとっても最大の名誉であった。

政光に声をかけられて評議員に推薦してもらった者は、当然ながら理事選出の選挙において、政光の意向に沿った投票行動をとる。

淀工大の中興の祖と謳われた藤田進が、三四年の長きにわたって理事長の椅子に座り続けた背景には、藤田の懐刀として地道に目配りをしてきた政光の、こうした日常的な積み重ねがあったことはいうまでもない。

篠山も、そうやって藤田陣営の手駒に引き込んだ評議員の一人だった。

「政光さん、淀工大の敷地に隣接して建っている京阪女子医科大の女子寮ですけどな、最近、ベランダに洗濯物を干してないの、ご存じでっか？」

篠山は出し抜けにそんなことを切り出した。

「なんやそれ、あんた、そんな趣味があるんか」

話の切り出し方があまりにも頓狂だったので、政光もつい茶化すように聞いた。

「え、ちゃう、ちゃう。わて、覗きみたいな趣味はおまへんで」

「そやかて篠山さんは女子寮の洗濯物に興味があるんやろ？」

「それですがな。どうもあの女子寮、使うてないんやないかと思うんですけど」

「なんやて。それ早う言わんかいな」

政光が色めき立つのを見て、篠山が小鼻を動かして言う。

「ビッグニュースでしょ？」

「ほんまや。もしあの女子寮を使うてないんやったら、売ってくれんかいな」

政光が興奮したのはほかでもなかった。

淀川の堤防に沿って建設された淀工大は、うなぎの寝床のような細長い敷地に目いっぱい校舎を建てている関係で、長年、駐車場の敷地不足に悩んでいた。

もともと淀工大は、それまで商都として栄えてきた大阪を、富国強兵・産業報国を掲げる当時の国策とも絡めて工業都市化し、さらなる繁栄につなげようと一九二二年に大阪工学専修学校として開校した経緯があった。当時の設立メンバーとして、大阪府建築課長をはじめ、土木課長、同じく営繕課長、大阪市都市計画部長、同じく水道部長、同電鉄部技師長、電力事業者、信託株式会社役員などの篤志家が名前を連ねているのは、いまでいう官民あげた地域興しプロジェクトの一環として計画されたからにほかならない。

しかも、大阪工学専修学校は働きながら学べる夜間教育からスタート、その伝統は淀工大にも受け継がれ、淀工大は当初から夜間学部を併設していた。それが一九六〇年代の高度経済成長期に一気に花開く。とくに関西地区の工学部系の大学で、夜間課程があるのは淀工大だけだったこともあり、向学心に燃える苦学生たちの人気が高く、お蔭で経営的には潤沢な資金を保有することができた。その一方で、敷地的な制約から彼らが通学に使うバイクやクルマを停める駐車場がなく、不法駐車に不満を訴える近隣住民との間に摩擦が絶えない悩みも抱えていた。

駐車場の確保は、いわば淀工大が学園経営を進めていくうえでの喫緊、かつ永久的な課題であった。もし京阪女子医大が女子寮の敷地を売ってくれれば、そこに立体駐車場を作ることで長年の懸案は一気に解決する。

政光は、篠山と一緒に隣の京阪女子医大の女子寮を見にいった。

洗濯物はやはり、ベランダに出ていなかった。のみならずコンクリート剥き出しの寮の建物は寒々として、人の出入りもまったく感じなかった。

「間違いないいな」

政光は篠山と目を合わせて頷くと、すぐに引き返して理事長室に飛び込んだ。

「ちょっとよろしいですか、理事長」

「ええよ。なんやねん」

「隣の京阪女子医大の女子寮ですが、どうも使うていないみたいです。もし、使うてないなら、手に入れられないか検討する余地はありまっせ」

政光の言葉に、坂口はすぐに調査すると応じた。

その結果、寮はやはり使われていないことが判明した。

「おおきに。早速、交渉したいんやけど、誰ぞ、顔の広い人はおれへんかな」

「北村理事なら、たいていの方に話が通ると思いますよ」

「北村さんか……」

政光が答えると、坂口はちょっと躊躇する素振りを見せた。

北村守は大昭学園の理事で、関西日日新聞のオーナーだった。というより、世間的には船工振興会の会長として、誰知らぬ者のない故・大和了平の娘婿といったほうが通りがよかった。淀工大高校卒で、大昭学園の理事になったのは、これもワンマン理事長・藤田進の肝いりだった。

水の都・大阪のど真ん中を流れる淀川河畔で毎年開かれる水都祭と銘打った花火大会は、長い間、大阪の夏を彩る風物詩として大阪市民に親しまれてきた。

もとは一九四六（昭和二一）年、戦災で焼け野原となった大阪の復興を願い、関西日日新聞の主催で始まった行事だったが、河川の汚染が進んだことや主催する新聞社の経営が傾いたことなどが重なって一時中断していた。

しかし、その後の環境保護活動できれいな川が戻ってきたこともあって、再び水都祭を復活させようという機運が盛り上がり、新しく関西日日新聞社の社長に就任した北村が四年前に復活させたのである。

さらにいえば花火大会の会場は淀川の河川敷で、管轄するのは国交省だった。

そこで、国交省との交渉は藤田が行い、いわば淀工大ＯＢの二人のタッグマッチで水都祭は復活したともいえた。

このとき、ワンマン理事長の藤田は、校舎の屋上を教職員の家族と一緒に地域の自治会役員たちにも開放した。ふだんから夜間学生の不法駐車問題で迷惑をかけている地域の自治会に対し、多少なりともお詫びのしるしとして交流の機会を持ちたいと、その一環として花火大会における校舎の屋上開放を計画したのである。

そうした事情は、もちろん淀工大高ＯＢの北村も先刻承知していた。

そこで北村は、屋上に設営された観覧席に立食パーティーを提供、あわせてポケットマネーで自分の人脈から松良太郎や鵬蘭などの芸能人を呼んで歓待した。

義を見てせざるは勇なきなり——。

いかにも北村らしい演出と、参加者の誰もが感激した。そうした経緯が縁となって親交がはじまり、そこから藤田が北村に大昭学園の理事就任を要請。当初、北村はマスコミ関係者であることを理由に固辞していたが、度重なる要請を受け、この年の七月、やっとのことで理事に就任していた。

ただし、そうはいっても北村は、日本でもっとも名前の知れた右翼の大物の縁戚である。右翼がどういう人たちかを知らない、あるいは北村がどんな人間か付き合ったことのない人でも、大和了平の娘婿というだけで急に威儀を正したり、身構えたりする人が多いのは毎度のことだった。政光が北村の名前を出したとき、坂口が一瞬、躊躇したのは、日本人としてごくふつうの振る舞いだったといえるだろう。

「わたしから連絡を取りましょうか？」

「いや、北村理事にはわしが直接連絡してみるわ」

政光の申し出を、坂口は一蹴した。

その後、坂口が北村にどのような連絡をとったのかは知らなかった。

ところが一カ月後、政光は北村がすごく怒っているという話を耳にした。政光が淀工大の監事を依頼しているスポーツ新聞社の副社長が、わざわざ電話で伝えてきたのである。

「政光さん、あんた北村会長になにをしたんや？」

「なにをしたかって、わたし、なんもしてまへんで」

「政光は仁義を知らんやつだと、そら大層な怒りようやったで」

「待ってください。わたし、なんのことやらまったく思いつかんのですけど」

「なんぞ、女子大の寮がどないしたとか言うてたけど、あんた、そんな話、北村会長にしてまんのか」

「女子大の寮……？」

そうか、と思った。

政光が坂口に話した京阪女子医大の女子寮の一件である。

しかし、それは坂口から北村に話したはずで、その時点で政光の手を離れてしまっていた。それがなぜ、いま頃になって北村に逆恨みを買う事態になっているのか、政光は狐につままれたような気分だった。

とにもかくにも、ことの真相を確かめないといけない。

政光は、電話を切るとすぐに理事長室に向かった。


「理事長はいるか？」

理事長室脇の秘書室に入って行き、坂口の所在を聞く。

「いや、今日は第四金曜日ですから、理事長はあっちですよ」

秘書室長の矢嶋徹が顎で南の方角を示しながら言った。

毎週第四金曜日はトップスの経営会議が行われる日で、坂口は朝から向こうに行っているという合図だった。

政光は吐息をついて、それから思い出したように矢嶋に近寄った。

「ちょっと聞きたいことがあるんやけどな」

「なんですか」

「隣の京阪女子医大の女子寮の話、なんか理事長から聞いてへんか」

「あれ、たしか政光さんが持ち込まれた一件ですよね」

「そうなんやけど、誰ぞ仲介してくれる人はいないか、理事長が北村会長に聞いてもろうてるはずなんやけどな」

「北村会長に、ですか？」

矢嶋は怪訝そうに首を傾げた。

「あんた、聞いてないか？」

「それ、ちょっと違うんやないですか」

「なんやて？」

「わたしが聞いてるんは、杉田常務を通じてすでに京阪女子医大に交渉中という話ですけど」

「ちょっと待てや。それもう少し詳しく教えてな」

「なんでも杉田常務のお母はんが京阪女子医大の卒業生で、ＯＧ会の役員をしておられるとかいうことで、そのルートで理事長が直接、京阪女子医大側に購入を前提とした交渉に入っていると、そんな話を聞いてますけど」

まさか――。

政光は、矢嶋の話を聞いて頭の中が真っ白になった。

矢嶋の話が本当なら、考えられるケースは一つしかない。

坂口は、北村に仲介者の紹介を依頼しておきながら、その後、杉田の母親が京阪女子医大の卒業生であることを知り、杉田のルートで直接、買収交渉に乗り出した。つまりは二股をかけて交渉しているということである。それなら、仲介者探しに奔走して梯子を外された北村の怒りも十分に理解できる。

取りあえず北村に会ってみよう。

自分のデスクに戻った政光は、北村に電話を入れて会うことにした。

「随分、早いお着きやないか。政光さん、待ち合わせは六時半ですやろ」

政光が指定されたステーキハウスの個室で待っていると、大柄な北村が店員に案内されて入ってきた。

政光からの電話にメシでも食おうと言ったのは北村だった。

「お忙しいのにお時間を頂戴しまして」

立ち上がって緊張気味に迎える政光を、北村は手で制した。

「なに、わたしもあんたに話をしたいと思うてましたんや」

「そのことでお伺いしました」

「ま、ま。その話はあとや。ワインでも飲んでからにしよ」

店員が引いた椅子にどっかと腰を下ろした北村は、自らワインリストを手に取って勝手に注文した。ほどなくして赤ワインが運ばれてくる。北村がテイスティングをするのを待って、店員が二人のグラスに注ぎ分ける。その間にも前菜が並べられ、カウンターの内側ではシェフが肉を焼き始めた。

北村が改めて政光に向き直ったのは、レアに焼いた肉を一口食べてからだった。

「どうですか、坂口理事長は。なんや、いろいろあるらしいな」

「今回も北村会長には大変なご迷惑をおかけしましたようで」

政光は、京阪女子医大の女子寮敷地購入の一件のこれまでの経緯をかいつまんで説明した。

「じゃあ坂口は、杉田を通してわたしとは別のルートで交渉していたんですか」

「杉田の母親が京阪女子医大卒でOG会の役員をしているらしく、大学の幹部とも顔見知りやいうことです」

「しかし、それならそれで、わたしに一言断ればいいはずや。こっちに話を振っておいて、それとは別のルートで話を進めるいうのは、どういうことですか」

「おっしゃるとおりです」

「これ、わたしだけの問題なら文句は言いませんわ。でも、話を進めるに当たって、わたしは別の人に頭を下げてお願いしてるんです。その方を通して京阪女子医大に話をしたら、もう値段の交渉まで始めているう言うやないですか。え、わたしがお願いした人のメンツは丸潰れですわ」

「え、値段の交渉も?」

政光はそのことは初耳だった。

「それで坂口に文句を言うたら、政光が勝手に進めているという話ですわ」

「ちょっと待ってください、会長。わたしは駐車場用地になりそうな空き物件があるという情報を理事長に伝えただけで、その後の交渉にはまったくノータッチなんですよ。全部、理事長と杉田の二人で進めているんです」

政光は身を乗り出して懸命に北村に訴えた。

「それはもうわかりました。そやなくて、わたしが不愉快なんは、わたしへの仁義も切らんと勝手に話を進めておいて、それで文句を言うたら、政光のせいやと平気でわたしに嘘をつきよる坂口のことですよ。坂口は問題ですよ。政光さん、わたしはあんたに頼まれて坂口の理事長就任に賛成したけど、これ、いまのうちになんとかしておかないと、大昭学園九〇年の歴史に汚点を残すことになりますよ」

言われて政光も、坂口への不快感が今更ながらこみ上げてきた。広島に転勤させて排除しようとした件といい、今回の件といい、あまりにもやり方が汚さすぎる。

なんとかしないと――。

政光はその言葉を口には出さず、ステーキと一緒に飲み込んだのだった。

第二章　背任容疑

1

二〇〇六年一一月——。

大阪の御堂筋は、北御堂といわれる西本願寺津村別院と、同じく南御堂と呼ばれる東本願寺難波別院の二つの寺院が沿道にあるところからその名前がつけられた。

大阪の北の玄関口梅田から、南の玄関口難波までを一方通行で結ぶ全長四キロあまり、幅四四メートル、全六車線からなる御堂筋は、道路に沿って四列に植えられた九七〇本のイチョウ並木が古くから歌謡曲にも唄われるなど、大阪を象徴する歴史的景観として二〇〇〇年に大阪市指定文化財に加えられていた。

その名物のイチョウ並木が色づき、ビルの谷間から斜めに射し込む夕陽を受けた黄金色の葉が錦鯉の鱗のように輝きはじめると、大阪は秋本番を迎える。

しかし、御堂筋を難波まで南下し、なんば交差点を左折して千日前通りを東に進み、日本橋3丁目の表通りから一本裏に入ったビルの二階にある「クラブ朝日」では、そんな季節の移ろいとは無縁の男たちが、先ほどから熱い勝負を繰り広げていた。「クラブ朝日」は、いわゆる雀荘である。

マージャンがサラリーマンの数少ない息抜きだった時代ならいざ知らず、娯楽の多い今日では、ビル街の雀荘はどこも閑古鳥が鳴いているのに、ここだけは三〇年前にタイムスリップしたかのようだった。

しかも時間は午後五時を回ったばかり。いくら週末の金曜日とはいえ、一般のサラリーマンならようやく帰宅の準備を始めようかという時間帯に、すでに半荘を二、三回終えたような熱気が籠っていた。

小さな雀卓を囲む四人は、大昭学園理事長でトップス相談役の坂口政雄と、トップス社長の山川博司、同常務の小田将弘、経理担当役員の羽島紀夫という顔ぶれで、いずれも坂口が社長だったときに現職に引き上げた子飼いの部下たちである。

「あ、それ、ポンやで、ポン」

「ええッ、相談役。もうツモってますがな」

「それはお前が先ヅモしとるんやろ」

「相談役の切るのが遅すぎるんでっせ」

「なんやと。先ヅモはルール違反やで。わしはふつうのリズムで打っとんのじゃ。お前と違うてルール違反してるんやない」

怒鳴るように一喝した坂口を、恨めしそうに見上げた小田が、口をとがらせて積もったばかりの牌を山に戻す。

「もう、相談役にはかなわんなあ」

「なんぞ不服があるんか？」

「いえ、なんの不服もありまへん」

一巡して、小田が積もった牌を河に捨てると、すかさず坂口が声をあげた。

「お、出たな。ロンッ。トイトイドラドラや。満貫やな」

「ぎゃ～、殺生な。相談役の麻雀はホンマ、えげつないなあ」

「がちゃがちゃ言わんと、はよ、点棒出せや」

毎月第四金曜日は、トップスの経営会議が行われる日である。

経営会議が終わると、出席した役員たちは申し合わせたように、会社から歩いて二分の「クラブ朝日」に直行する。それは坂口がトップスの社長だった時代からの慣例で、坂口が大昭学園理事長就任を機に相談役に退いてからも変わらず続いていた。

そもそも坂口の理事長就任は、大昭学園と利害関係にあるトップスの社長を辞任することを条件に理事会が承認したものだった。

しかし坂口は「社長は辞めるが、相談役くらいはよいだろう」と勝手な理屈をつけ、子飼いの山川を後任に据えてトップスに院政を敷き、隠然たる影響力を維持してきたのである。トップス自体、ある意味で坂口のために作られた会社といえなくもなかった。

坂口は昭和三四年に淀工大を卒業後、大阪電力が大株主の総合設備工事会社、大電工に入社して営業畑一筋に歩んできた。

大電工は、もとは大阪電気工事株式会社と称し、大阪電力の配電・設備関連工事を一手に引き受ける施工会社で、「電力の安定供給の一翼を担う電気工事の公共性に鑑み設立された」と創業時のパンフレットで社会的意義を強調している通り、大阪電力の子会社そのものだった。それゆえ歴代社長は全員、大阪電力からの天下りで占め、坂口のようなプロパーが社長になることは、まずなかった。

一方で、大電工が関西を代表する総合設備工事業界の最大手であることは疑いない。見方を変えると、業界内では最大手と崇められながら、身内に戻ると親会社の大阪電力に押さえつけられて頭が上がらない、いわば権力の二重構造という特殊な企業風土を持つ会社だったのである。

そうした企業風土のなかで、坂口はめきめきと頭角を現し、同期のなかでトップを切って支店長に就任、さらに営業部長、取締役へと出世の階段を駆け上り、ついには副社長にまで昇り詰めた。

坂口のサラリーマン人生は順風満帆だったのである。

ただし、坂口はエリートではなかった。

大電工の役員ともなれば、関西財界の活動を含め、政治家との交流や各種パーティなどへの出席を求められるのが常だったが、坂口はそうした表舞台にほとんど顔を出さなかった。坂口が副社長をしていた当時、大電工の現場は坂口ともう一人の副社長、三木和彦の二頭立て体制で回していたが、会社の顔として財界活動に出席するのは決まって三木だった。

理由はほかでもない。

坂口は表舞台に出られるような真っ当な営業マンではなかった。

コンプライアンスがいまほど厳しくなかった当時、坂口はいわば時代が産んだ落とし子だった。いわゆる関西の広域指定暴力団や圧力団体など、俗にいう裏社会とのつながりが噂されていて、真偽のほどは定かでないが、そうした噂が噂を呼んで坂口を必要以上に大きく見せると同時に、裏から手を回して仕事を取る寝業師として、関西の設備工事業界では知らない者はいない超有名人だったのである。

大阪電力の資本が入った大電工は、関西の設備工事業界では比類なきガリバー企業だった。大企業の設備工事はもとより官公庁や自治体絡みの、たとえば大阪府警本部新築工事の電気設備工事をはじめ、国際会議場、関西空港、大阪駅前再開発といった関西圏における大型プロジェクトの設備工事はすべて、大電工が受注した。

当然、そうした大型工事には談合がついて回る。

その談合の仕切り屋が坂口だという噂も根強く浸透していた。

東大阪市の二二階建て市庁舎の新築工事では、地元の電気工事業者がサブコンの粟屋工業とJVで受注寸前までいっていたのに、坂口は強引にひっくり返して大電工が受注した。同時にこのときの粟屋工業の大阪支店長は、坂口が圧力をかけて退職に追い込んだとも言われていた。

単に仕事を奪うだけでなく、自分の意に沿わなければ他社の人事にも手を突っ込んで引っ掻き回す。真相は不明だが、そうした噂が立つこと自体、坂口を一回りも二回りも大きく偶像化していたことは間違いない。

ただ、坂口が裏の顔ながら権力の中枢にい続けたのは、実際の業績でもちゃんとした数字を残してきたからである。

そのために、坂口はほかの人がやらないことを平気でやった。

大電工は、業界内における事業規模、受注実績ともダントツに大きく、従業員も大勢抱えていた。坂口は、その自社従業員を設計事務所に送り込んで、ただ働きさせていたのである。

設計事務所には、工事情報がいち早く入る。

その情報を先に入手し、たとえば東京に本社のある大手ゼネコンの大阪支店が受注したとわかると、坂口はその支店に乗り込み、設備設計の図面を無料で描いてやると持ちかけ、その見返りとして設備工事を大電工が引き受けるというバーター取引で仕事を取っていた。

東京に本社のあるゼネコンは、基本的に設備設計図面を描く要員を大阪支店に常駐させていない。そこを衝いた坂口ならではの営業だった。

大手ゼネコンにしてみれば、設備工事はどのみち専門業者に発注するしかない。そうであれば、設計図面を無料で描いてくれる大電工はありがたい存在で、設備工事は大電工に任せようと考えるのも当然な成り行きといえた。坂口が営業担当だった一時期、京阪神の大型プロジェクトの電気工事は一〇〇パーセント、大電工が図面を描いているという噂がまことしやかに流れたこともあったほどである。

そんな噂に尾ひれがついて、大きな建築物のプロジェクトが計画されると、どのゼネコンが受注するかを知りたければ大電工に行けと、用もないのに大電工に出入りし、坂口に接近する者が目立ち始めた。

また、中小電気工事会社の一部の営業マンは、仕事を取るためにゼネコンにではなく、大電工に営業をかけていた。

大電工が受注した大型案件の孫請けをさせてもらおうという魂胆である。

そのためには当然、裏金が必要になる。

かくて坂口の許には、本人が意図していたかどうかは別にして、いろいろな筋の人や金や情報が集まってきた。

ただし、そうしたよからぬ噂がおおっぴらになると、今度は別の問題が生じる。

もし談合屋としての坂口の存在が表面化した場合、週刊誌や経済誌は、当然、親会社である大電の企業体質を問題にすることは容易に想像できた。大電の経営陣の中には坂口の存在そのものに危機感を抱く者も出始めたのである。

もともと大電は、お殿様企業の常としてスキャンダルに弱い体質を内包していた。

スキャンダルが表面化する前に、早く坂口を遠ざけろ――。

そういう指令が大電から大電工の幹部に届いたとしても不思議はなかった。

大電工は、近畿圏の各県にあった施工専門の子会社・大電サービスを分割統合する形で、資本金を二億円に増資して二〇〇一年七月、トップスを設立して坂口を社長に起用した。いうならば大電工は自ら子会社を設立して坂口を社長に祭り上げることで、大電工本体から追い払ったのである。裏を返せば、坂口は親会社ですらコントロールできないくらいの存在になっていたといえる。

現在のトップスの役員たちは、全員、大電工時代の坂口の部下だったから、そうした坂口の噂を聞いて育っている。

加えて坂口に睨まれたらどうなるか、それも彼らは目の当たりにしていた。

坂口に睨まれたら、この業界では生きてゆけない。トップスを辞めるどころの騒ぎではなく、設備工事業界はもとより土木建設業界で生きてゆけない。そういえるくらい、彼らにとって坂口は巨大な存在だった。

山川は、出入りの経済誌記者にひそかに教えてもらったことを、いまも鮮明に覚えていた。

「坂口副社長は営業課長の頃からすごかったですからね」

「すごいって、なにがですか?」

「裏金の使い方ですよ」

「そんなに?」

「わたしの知人が神戸で小さな電気工事店を経営してましてな、大電工の下請けをしたのに二〇〇〇万円の代金を払ってくれないって、わたしに相談にきたんです。わたしがたまたま雑誌の仕事をしていたからやけど、それならなんで払わないのか理由を聞いてあげると出かけたら、そのとき対応したのが当時営業課長の坂口さんでね、彼はわたしの話を聞くなり『わかった』と一言いって、翌日には風呂敷に包んだ二〇〇〇万円を電気工事店に持ってきたんです。あれ、たぶん坂口さんの一存だったような気がするんやけど、いやあ、大電工にはすごい切れ者がいるなと、そのとき思いましたね」

山川がその話を鮮明に覚えているのは、山川自身、ちょうど営業課長に昇進して間もないころだったからである。

坂口ならやりかねない——。

話を聞いたとたん、山川は直感的にそう確信した。

坂口が営業課長だった当時、建設工事現場はいまよりもどろどろしていた。

建設現場の作業員集めを広域暴力団の関係者が堂々とやっていた時代である。

一方で、大阪電力から天下りしてきた大電工の役員たちは、汚れた仕事には一切手を出さなかった。

坂口はその汚れた仕事を一手に引き受けて副社長までのし上がったのである。そんな坂口に反旗を翻すとどうなるか、答えは考えなくてもわかっていた。

そういう四人が集まって卓を囲む……。

結局、この日のマージャンも坂口の一人勝ちに終わった。

二〇〇一年にトップスが設立されて以来、五年間で坂口以外の者が勝ったことはただの一度もない。いや一度だけ勝った男がいたが、その男は間もなく閑職に飛ばされ、誰も知らない間にトップスを辞めていった。

ともかく坂口は、自分さえ勝てば大満足で、周囲のことは一切顧みなかった。

坂口以外の者は聴牌してもリーチをかけず、坂口が切った当たり牌は見逃して、一巡後に他家が切ったら、そこで和了した。完全な出来レースだが、それでもマージャンが続いていたのは、坂口以外のメンバーにとっては、そのほうがトップスにおける自分の地位が安泰だったからである。

2

「山川、ちょっと話があるんやけど、三〇分くらいええかな」

雀荘の「クラブ朝日」を出ようとしたとき、山川は坂口に呼び止められた。

「はい。それは一向に構いまへんけど」

答えて、山川は地下鉄の駅に向かう小田と田中を見送り、一人だけ残った。

「新地に寄りたいんやけど、どうや?」

「そらもう相談役の行くところやったら、どこでもお供します」

駐車場で待機していた理事長専用車に坂口が先に乗り込み、山川はあとから続いた。クルマが動き出し、ゆっくりと千日前通りに出ると西に向かい、湊町南の交差点を右折して四ツ橋筋を北に向かう。御堂筋が南行きの一方通行なら、四ツ橋筋は北行きの一方通行で、ともにクルマの通行量の多い、大阪の中心部の大動脈だった。坂口と山川を乗せた理事長専用車は流れに乗ってスピードを上げた。

「四ツ橋筋は、この時間になってもクルマが多いな」

坂口の言葉につられて山川が腕時計を見ると、一〇時を少し回ったばかりだった。

「いつ走っても多いですね」

「ところで河本はどないしてるか、お前、なんか聞いているか？」

「河本芳弘ですか？」

「東京に転勤して半年やろ。時折、大阪に戻っているいう話を聞いたんやけどな」

「嫁とは別れたいう話ですが、二ヵ月に一度程度、大阪に戻ってきて、相変わらずミナミのフィリピンバーに通っておるようですわ」

トップスが設立されて坂口が社長で天下ったとき、坂口には忠勤を尽くす部下が二人いた。一人は山川で、もう一人は河本である。

二人は坂口体制を支えるクルマの両輪で、山川は組織内の総務や人事などを担当、河本は坂口について営業を受け持つという役回りだったが、坂口の側近中の側近とみられていたのは河本のほうで、世間では河本を坂口の鞄持ちとか腰巾着と呼ぶ一方、ポスト坂口は河本で決まりとさえ噂していた。

河本は、山川が羨むくらい仕事ができた。

なによりも人間関係を作るのが上手く、どんな立場の相手であろうと、すぐ懐に飛び込んで一〇年来の知己のように振る舞った。

坂口が河本を秘書代わりに身近に置いて重宝したのもそれゆえである。

当時、坂口は大電工の副社長だったが、なにかのときのために常時、三億五〇〇〇万円の裏金を用意していると言われていた。その裏金の管理を任されていたのが河本で、実際、河本が坂口の指示で外出する際には、黒いアタッシュケースに五〇〇〇万円の新札を入れて携行しているという評判だった。

そういえば、こんなこともあった——。

山川は、先ほどの経済誌記者から聞いた別のエピソードを思い出した。

二〇年前のことだから、坂口が五〇歳を過ぎて間もない、いわば営業マンとして一番脂の乗っていた頃である。スーパーマーケットの大手サントーが阪急宝塚線売布駅前に地下一階地上三階、駐車場八〇〇台付きの店舗ビルを建設した際、同社の開発部長は建設工事を大手ゼネコンの藤建組に発注した。その見返りに藤建組は三億円のキックバックを約束、書面も取り交わしていたという。

ところが、藤建組は完成後に一億円しか払わなかった。

当然、開発部長は人を介して残りの二億円を要求した。

藤建組サイドは、支店長の一存では決められないとして支払いを保留、両者の間で押し問答が続いた。

開発部長にすれば、書面は交わしているものの表沙汰にできないため、法的処置をとるわけにいかない。一方、藤建組のほうも書面を交わし、しかもすでに一億円を支払っている手前、無下に突き放すわけにもいかない。

両者ともに弱みを抱えて、解決策を見出せないまま膠着状態が続いていた。

そんなとき、当時、大電工の営業部長だった坂口が、なぜか乗り出してきた。

坂口はサントーの開発部長に「うちが肩代わりするから」と言って、現金で二億円、耳を揃えて開発部長に手渡したというのである。

「坂口さんが二億円って、ほんまですか？」

山川が鸚鵡返しに聞くと、経済誌記者は大きく頷き、声を潜めて続けた。

「わたしも大電工が一社で二億円もよう揃えたなと思うてたんですが、どうやら大電工、西光電気、関東電設の業界大手三社から集めたという話でした」

「三社で？　いったいどういう名目で集めたんでっしゃろ」

「そのときはわからなかった。サントーの開発部長にすれば、金が入ればええいうことで、出所については関心がなかったようです」

山川自身、このころ坂口がしきりに河本を連れて西光電気や関東電設に出入りしていたのは覚えている。

しかし、坂口は自分が手がけた営業情報を社内で共有するタイプではなかったから、坂口がなにを考え、どう行動しているかは社内の誰も知らなかった。わずかに坂口の鞄持ちの河本が知っているのみだったが、河本は決して口外しなかった。

「まあ、我々にはなにも知らされていなかったですからね」

「数ヵ月後に、わたしは藤建組の支店長にどんなからくりだったのか聞いてみたんです。支店長はなかなか口を割らなかったけど、最後にポロッと、電気工事だけで一〇億円を超える巨大プロジェクトが具体化するらしいと教えてくれましたわ」

「二〇年前に、電気工事だけで一〇億円を超える巨大プロジェクトって……」

山川が言いかけた言葉を飲み込むと、経済誌記者はあっさり告白した。

「関空でしょうな。関空なら電気工事だけで一〇億円は超えたでしょう」

「伍堂案件?……ですか」

大阪湾の泉南沖を埋め立てて二四時間運用の国際空港として建設された関西国際空港の建設に絡んで、自民党の実力者で元運輸大臣でもある伍堂俊博の関与が取り沙汰されていることは、関西の土木建設業界では周知の事実であり、また伍堂と坂口が肝胆相照らす仲であることも、大電工内部ではよく知られていた。

さらにいえば、関空の一期工事が始まったのは一九八七年、いまからほぼ二〇年前だから、サントー問題で坂口が二億円を用意した時期と、関空が人工島埋め立て工事に着手し、その後の一期工事に向けてゼネコンや設備工事業者を選定していた時期は、ちょうど重なるのである。

「けど、当時の坂口部長は、どうして伍堂代議士と知り合ったんですやろ?」

「坂口さんを役員に引き上げた大電工の会長が、名前は大橋雅彦いうたかな、この大橋会長が伍堂代議士の後援会長をしていましてね、大橋会長の一の子分が坂口さんやった。そやから坂口さんは、裏金を集めては大橋会長のところに運び、大橋会長はそれを伍堂代議士の許に運んでいた。まあ、坂口さんは談合屋といわれて一人だけ悪者扱いされているけど、その実、大橋会長の金庫番も務めていたんやないかと、わたしは想像してるんです」

「なるほど。そういうことですか」

「あとで調べられるとええけど、県議だった伍堂が国会に出て初当選した時期と、関空の建設が始まった時期は微妙に重なる。その時期に億の金が動いて、いろんな人間模様が交錯した。そのあたりからスタートしているんやと思いますよ」

すべては想像であり、真相はわからない。

しかし、たとえ想像だったとしても、これだけさまざまな符号が一致すると、否定する材料を探すほうが難しくなる。

山川は、開けてはいけないパンドラの箱を開けたような気分になって、坂口が怖くなった。そしてこれ以降、山川は、坂口に関することは言われたことのみ忠実に処理するよう心がけ、それ以外の、たとえば坂口の交友関係や金銭問題などには決して深入りせず、関心を持たないよう自分を戒めてきた。

いま振り返るとそれがよかった。

そう思うのは、ライバルの河本との比較においてである。

河本は仕事ができた。それゆえ坂口は河本を自分の片腕として重宝した。河本も坂口の期待に応えようと仕事に没頭した。

男にとって、仕事ほど面白いものはない。

ましてや、関西の設備工事業界でナンバーワンの切れ者と評される坂口に見出されて、坂口の名代で一〇〇〇万単位の金まで預けられるようになったのである。サラリーマンとしては以て瞑すべし、という気分だったに違いない。

河本は週末以外、ほとんど家に帰らず、会社に寝泊まりするようになった。会社には図面引きで徹夜仕事になったときのために仮眠室が設けられていたが、いつしかそこが河本の簡易宿泊所になった。

といっても、外回りがメインの河本に徹夜で図面を引く仕事があるわけではない。

河本は坂口に代わってゼネコンの担当者や設計事務所の幹部を接待し、帰りの終電がなくなったときに転がり込む場所になったのである。

酒は強い。

仕事はできる。

加えて大阪では、なによりも水戸黄門の印籠の役割をはたす、大電グループの名刺を持っていた。キタの新地で大電や大電工の名刺を出して断る店は一軒もないといわれるほど、大電グループの威光は強く、ましてや接待で三日にあげず通うとなれば、河本がモテないわけがなかった。

連日、キタの新地で取引先のゼネコンを接待して数軒の店をハシゴし、それからミナミに下ってお気に入りのフィリピンパブに顔を出す。これが河本の定番になった。

そしてそれが、河本の命取りになった。

坂口のよからぬ噂が表面化するのを恐れた大電が、坂口を大電工から追放したのと同じように、坂口もまた河本の夜の街での派手な金遣いや目に余る女遊びの評判を聞き、河本を東京支店に追放したのだった。

関西が本拠地のトップスにおいて、東京支店勤務は島流しも同然の左遷人事である。

一時は次期社長候補として山川に先行していた河本に対する坂口の手のひら返しは、トップス社内に衝撃をもたらした。

あれほど仕事のできた男でも――。

自分に害を及ぼす危険性があるとわかると、あっさり切り捨てる。山川は、我が身と重ね合わせて首筋が寒くなるのを覚えた。

「お、着いたで」

山川が感慨に浸っていると、坂口が肘で小突いて下車を促した。山川は先に降りてドアを大きく開け、直立して坂口の降車を待った。人が見ると執事のように映ったが、山川は社長になってからも坂口の前ではひたすら忠実な部下を演じた。それが自分の保身につながることを誰よりもよく知っていたからである。

理事長専用車の後部座席から尻を滑らせて出てきた坂口は、先に立って会員制クラブ「徳大寺」に入っていった。クラブの室内は照明を落とした薄暗い作りで、入るとすぐ黒服の男が寄ってきて奥の小部屋に案内した。

「ちょっとな、話があるから酒と女は、後にしてんか」

「承知いたしました」

坂口の言葉に恭しく頭を下げた黒服が出ていくと、早速、坂口が向き直った。

「今月分、持ってきたか？」

「はい、こちらです」

坂口に促されて、山川が茶封筒に入った現金を手渡す。中身は一〇〇万円の帯封のついた新札である。人払いをした密室で金を受け取る。その金が表に出せない裏金であることは、その雰囲気からも窺えた。

「なんや、これ」

封筒を一瞥した坂口は、中身も確かめず口を尖らした。

「申し訳ありません。先月、四半期の決算を締めたばかりで、経理担当の羽島が動けなくて、領収書が集まらなかったそうです。今月はこれでご勘弁を」

「山川よ、おのれ、社長やろ。子供の使いやないんやから、もうちょっとしっかりせえ」

雷が落ちるのを覚悟した山川だったが、先ほどのマージャンで一人勝ちした坂口は、ことのほか穏やかな口調で言った。

「羽島に、来月はきちんとするよう伝えておきます」

来月はきちんとする――。

坂口はトップスから年間一〇〇〇万円、大電工からは同じく一五〇〇万円の役員報酬を得ていたが、それとは別に営業費として月二〇〇万円を現金で受け取る約束になっていた。約束といっても、役員会や株主総会を経て決まったものではなく、俗にいう裏金である。裏金だから、会社から引き出すにはそれなりの工夫がいる。

坂口は営業経費名目で架空の領収書を、山川をはじめとする役員の名前で発行させ、それに見合う金を現金で受け取っていたのである。ただし、今月は経理担当の羽島が多忙で領収書を集められず、結果、坂口に手渡したのは半分の一〇〇万円にとどまった、というのが山川の言い分だった。

「それとな、わし、来月から上六駅前にマンションを借りるんや。大昭学園が見つけてくれたんやけど、毎月の家賃は、トップスで面倒を見てくれるか」

「え、近鉄の上六ですか?」

「そや。奈良の家から毎日通うのは、さすがにしんどうてな。上六なら同じ近鉄沿線やさかい、なにかと都合がええやろう」

坂口は、自宅のある奈良市から毎日、理事長専用車で大昭学園に通っていたが、奈良市内から大阪に通じる幹線道路はどれも交通量が多く、朝夕の渋滞は坂口でなくとも往生するところだった。そこで坂口は大阪市内の上六に賃貸マンションを借りることにしたのだという。

「しかし、相談役もご存じのように、当社の決算内容は今期もかなり厳しゅうおまして、毎月二〇〇万の営業経費を捻出するのにも四苦八苦している状況ですよって」

「そんなこと、おのれに言われんでもわかっとるわい」

「失礼しました」

「そら、昨今の公共工事抑制でゼネコンはどこも大変やいうのは、わしもよう知ってる。けどな、こういうときはいくら口を開けて待っていても、仕事はむこうから飛び込んできいへんぞ」

「はい」

「仕事がないときはどうするか？　おのれで仕事をつくるんじゃ。そやろ」

「それはもう、相談役のおっしゃる通りですけど」

「わしの大学はな、歴史があるから校舎も古いのばっかりなんや。耐震強度が足りないとか、実験設備が古いから新しい設備に変えてくれとかな」

「淀工大ですか？」

「そや、淀工大に古い機械工学の工作室があってな、それを取り壊して、地下一階地上一一階の最新設備を備えた実験棟に建替えようという構想は、五、六年前からの懸案だったんや」

「すると、それを相談役の手で新築に着手されるんでっか」

「今年は無理やけど、来年になったら一気に進めるつもりや。いまその見積もりをゼネコンにさせているところやからな」

「ありがとうございます」

山川はにわかに目を輝かせて腰を折った。

「工作室や実験室が入る校舎を一棟丸ごと建替えるとなると、建築工事費は建物だけでざっと二五億前後やろうな」

「二五億……ですか」

「なんや不服そうな口調やな。建物が二五億なら、設備工事費は本体工事費のほぼ二五パーセントやから六億ちょっと。それじゃ足りんといま計算したやろ」

「いえ、滅相もございません」

「そんな計算をしているから、おのれはアホやいうんや。建物の二五パーセントいうのは通常の設備工事の場合やろ」

「淀工大の校舎は通常の設備工事やないんですか」

「相手は素人や。実験室や工作室が入るんやから空調も防音工事も特別なもので施工しましたと言えば、誰もわからんわい」

「まあ、設備工事の配管までチェックする施主はいてませんでしょうけど」

「わしはかなりな金額を上乗せしてもええと思うてるよ。ただし、わしが考えてるのは、それだけやないで」

「まだおますのか」

「歴史と伝統のある学校いうのはな、有難いことに耐震強度が古い基準だったり、構造が古うて使い勝手が悪かったりして、改修や補修をしなければいけないところがいっぱいある」

「それはわかりますが、でも改修や補修はゼネコンの仕事で、うちのような設備工事屋の出番はないのと違いますか?」

「お前な、もうちょっと頭を使えや。そないなことを言うとるから、お前は使い物にならんのや。ええか。よう考えてみい。改修や補修の仕事はお前のいうようにゼネコンに発注するしかないわい。けど、ただ発注するんやないで。仕事を発注する代わりにお宅が受注した案件の設備工事は全部トップスに回してください言うんや。そやろ。ただで仕事を出すんじゃない。向こうが抱えている仕事の設備工事は全部うちが貰うという条件付きで発注するんや。これなら大昭学園の校舎を改修するたびに、設備工事がどんどん入ってくるわい。どうじゃ」

「いやあ、恐れ入りました。さすが相談役ですなあ」

山川が大袈裟に持ち上げると、坂口は歌舞伎役者が見得を切るときのように首を振って片頬だけニッと笑い、それから声を潜めて続けた。

「そやからな、マンションの賃貸費くらい、なんとでもなるやろ。わかったな」

「わかりました。ありがとうございます。ただ、名目は……」

「それくらいお前が考えろ。どあほ、それともお前、今期限りで社長を辞めたいんか？」

低くて、どすの利いた坂口の口調に、山川は慌てて椅子から滑り落ちて土下座した。

「いや。名目はこちらでなんとでもします。申し訳ございません」

「お前は社長なんやからな、あんまり細かいことまでわしに言わすなよ」

「はッ」

「話はそれだけや。もう帰ってええぞ」

そう言われた山川は弾かれたように立ち上がり、頭を深く下げると、水も飲まずに帰っていった。

3

「関東の空っ風も寒いけど、大阪の風も冷たいですねえ」

大昭学園管理棟の玄関を出た落合敬二が、コートの襟を立てながら首をすくめて振り返ると、あとから追いかけてきた下田義夫が肩を並べて相槌を打った。

「ここは淀川を渡ってきた風やさかい、よけい冷たいんやな」

「それにしても今年の冬は、いつもより寒いんじゃないですか」

「ほんまやな。こんなんで真っ直ぐ家に帰ったら風邪ひくで。どや、一杯ひっかけていかへんか」

「わたしは構いませんけど、橋本さんはどうですか？」

下田の誘いを受けて、落合が四、五歩遅れて歩いている橋本祐一に声をかけた。

「橋本君はこのあと会社に帰ってまだ仕事が残ってるんかいな」

下田が重ねて言う。

「いえ、とくにはおまへんけど」

「それなら一杯くらいええやろ。今日は顔つなぎやさけ、あんさんも付き合いなはれ」

下田の声に橋本も否応なく頷き、三人は大昭学園から徒歩一〇分足らずの地下鉄谷町線千林大宮駅前にある居酒屋に転がり込んだ。

「わしは熱燗がええな。あと、関東炊きをみつくろってえな。落合さんと橋本君は？」

三人の中で最年長の下田が狭いテーブルの奥の席に座るなり注文した。

「わたしは焼酎のお湯割りにします」

「ほな、わても同じで」

三人は運ばれてきたグラスを合わせて乾杯をする。ほどなくして三人分の関東炊きが大皿に乗ってテーブルの真ん中に運ばれてきた。

「お、関東炊きって、おでんのことですか」

「そや、関東ではおでんいうやっちゃ」

「落合はん、大阪支店にはいつからでっか？」

「まだ二週間ちょっとです。先月の異動で大阪支店勤務になりました」

三人は、つい先ほど大昭学園の理事長室で会ったばかりである。

その場で名刺交換はしたが、理事長室では仕事の話に終始し、それぞれ社名と名前を名乗り合っただけだった。

落合は東松建設大阪支店の営業一課長で、年齢は四二歳。

東松建設は東京の港区虎ノ門に本社があり、トンネル掘削やダム工事を得意とする準大手のゼネコンである。資本金二四一億円。年間の売上高は約二五〇〇億円。

下田は前村組の営業部次長で年齢は五三歳。

前村組は大阪阿倍野区に本社を構える在阪ゼネコン五社のうちの一社。資本金は一八九億円で、年間売上高は約一九〇〇億円。

橋本は大木建設の営業部課長で、三八歳。大木建設は大阪市中央区に本社を置く地方ゼネコンで、資本金四一億円、年間売上高六〇〇億円。三社の中では規模、売上高ともに一番小さかったが、マンション建設に強みを持ち、関西ではそれなりに名の通った会社だった。

淀川を渡ってくる冷たい風の中を歩いてきたせいで、三人は取りあえず温まろうとして酒のピッチをあげ、一〇分も経たないうちに、めいめいがお代わりをした。

「まだ二週間ちょっとか。ちょうど嫁はんのおっぱいが恋しゅうなる時期やな」

最年長の下田がからかい気味に言う。

「いやいや。嫁は今ごろ、一人で羽を伸ばしていると思いますわ」

「ところで落合さん、今回、東松建設が入札に参加したのは、なにか理由があるんでっか?」

下田は手酌で酒を注ぎ、改まった口調で落合に向き直った。

「理由?」

「淀工大は仕事を発注するときの指名条件に、大学の卒業生を受け入れている会社というしばりがあるのはご存じやと思いますけど」

「ま、大学の工事はどこも、そんな条件をくっつけますよね」

「けどお宅は本社が東京やし、過去に淀工大の卒業生を受け入れてきた実績もないやろ」

「ああ、そういうことですか?　いや、わたしが聞いたのは、淀工大が卒業生の受け入れ先として東京の会社を開拓するために指名したということでしたけど」

「それだけ?」

「ほかになにかあるんですか」

「わしが聞いとるのは、伍堂絡みやいう話やけどなあ」

下田は酒焼けした赫ら顔で黄色い歯を見せて笑いかけた。

「いや。それはあるかもしれませんけど、そのへんは上のほうの話ですから、正直言ってわたしみたいなぺーぺーにはよくわかりません」

東松建設はかねてから伍堂俊博との癒着が噂され、伍堂が運輸大臣をしていた当時の公共工事に絡んだ違法献金疑惑は、国会でも追及されて話題になっていた。もともとトンネル掘削やダム工事など地下水の止水技術に定評があり、それゆえ関西国際空港の埋め立て工事でも主導的役割を果たしていたから、東松建設が伍堂を介して坂口に取り入ったとしても不思議はなかった。

「いやな、先月の一回めの打ち合せでは鵜沼組が入っていて、鵜沼組と東松建設と前村組の三社JVでスタートしていたんや」

「わたしは前任者からの引き継ぎなので、そのへんは詳しく知りませんが」

鵜沼組は、前村組と同じ在阪ゼネコン五社のうちの一社で大阪市中央区に本社を構え、資本金は五三億円と前村組の四分の一ながら、売上高は二三一〇億円と準大手ゼネコン並みの規模を誇る名門企業だった。

JVとはジョイントベンチャー、共同企業体の意味だが、建設土木業界では複数の企業が協力して工事を請け負う共同施工を指していた。

「それが今日、出かけてみたら鵜沼組がJVから外れて、大木建設が入っていた。いや、わしは大木建設がどうというんやない。大木建設は同じ大阪の企業やからよう知ってるしな。そやなくてなぜ鵜沼組が外れたんかなと、単純な疑問をいうてるわけや」

下田は黙々と関東炊きを口に運んでいる橋本にも気遣いながら顔をあげた。

そもそも地下一階地上一一階の淀工大一〇号館新築工事は、下田が言ったように当初、鵜沼組、東松建設、前村組の三社ＪＶで受注する手はずが整えられ、その一回目の打ち合せがすでに行われていた。

ＪＶで受注比率のもっとも高い企業を指すスポンサーには鵜沼組が就き、受注構成比は四五パーセント、以下東松建設が同じく三五パーセント、前村組が同二〇パーセントという内容だったのである。

鵜沼組は、かつて何度も淀工大の校舎建設をした実績があり、卒業生を長年にわたって受け入れてきたから、会社の規模よりも過去の実績を重視すれば、ごく当たり前なＪＶとしての構成比といえた。

そして、それより一ヵ月前、鵜沼組が中心となって東松建設と前村組に呼びかけ、事前の「ＪＶ打ち合せ会議」を開いている。その段階で三社はそれぞれ、鵜沼組が二四億八〇〇〇万円、東松建設と前村組はともに二二億四〇〇〇万円という見積額を提示した。そこで鵜沼組は、ＪＶスポンサーの立場で調整役を買って出て、東松建設と前村組が示した二二億四〇

○○万円の本体工事価格を基本線に、一般管理費五パーセントを加えて二三億五○○○万円とし、さらに利益を五パーセント上乗せした二四億八○○○万円でどうかと提案。三社の総意としてその金額の見積書を大昭学園側に提出したのである。

これに対して、大昭学園側が提示した指値は二五億九○○○万円——。

施工業者の見積額より、施主はわざわざ高い指値を提示してきた。

一般には考えられない施主からの指値だったが、これには裏があった。大昭学園はその見返りとして、三社合計五億円の寄付を要請してきたのである。当然、そのまま受け入れれば、ゼネコン側は大幅な赤字になる。それでも鵜沼組は赤字覚悟でなんとか受注する方向で調整に入った。

しかし、東松建設が真っ先に反対した。「引き換え条件付きで赤字必至の工事など、受けられるはずがない」という至極当然な主張で、前村組も東松建設に同調、「当社も大変厳しい状況にあるので」と難色を示した。

半月後、三社は再び、打ち合せ会議を設けて話し合った。

しかしこの席でも東松建設の主張は変わらなかった。

一般管理費（建設工事における原価以外の費用、保険や通信費など）五パーセントと、寄付金の五億円が出ないのであれば入札は辞退せざるを得ない、というのである。

対して鵜沼組の担当者は、前向きな姿勢を見せた。

「各社の事情は理解できるが、この仕事は施主から特命ＪＶとして話をいただいているので、三社で全うするのが望ましいと考える。ＪＶを辞退するかどうかの指示はできないが、東松建設と前村組の二社が仮に辞退しても、当社としては受けたいと考えている」

そう訴えて二社を粘り強く説得した。

だが、いくら協議を重ねても、五億円の寄付を前提条件とする工事は受注できないとする東松建設の主張は崩れず、結局、三社ＪＶによる受注は断念。大昭学園側には各社ごとにその旨を伝えることになった。

下田は、自身が前村組の担当者としてその打ち合せに出席していたから、そこまでの事情はよく知っていた。通常なら、受注に前向きな鵜沼組を軸に、ＪＶを組む相手を変えて大昭学園と再交渉するというのが一般的で、下田はそうなってもやむを得ないと思っていた。

仕事は欲しいが、赤字必至の仕事を取るわけにはいかない。

前村組はこの三月期決算で三二四億円の赤字を計上し、全従業員の二〇パーセントにあたる五六〇名もの大幅な人員削減を行ったばかりだったから、前回の打ち合せで持ち帰ったときの担当役員の返事も、下田の考えと同じだった。

ところが二日前、担当役員に呼び出されて役員室に出向いてみると「大昭学園から連絡があり、再交渉したいそうだから出かけてきてくれ」という。やむなく今日出かけてきてみたら、前回の三社のうち、鵜沼組だけが外れて、東松建設をスポンサーとする前村組と大木建設のＪＶになっていたというわけである。

大昭学園における工事実績があり、卒業生も受け入れている鵜沼組だけが外れて、工事実績ゼロ、卒業生受け入れ実績もゼロの東松建設がスポンサーになる……。

どう考えても、裏になにかあるとしか思えない。

下田は、そのなにかを知りたくて、落合に探りを入れたのだった。

むろん、知ったからといって下田の立場でどうするわけでもない。

その気になれば自社の担当役員に聞くこともできるが、サラリーマンの常として、上が喋らないものに興味を持つのはご法度である。上が自ら語りたがる自慢話にだけ付き合っておけば問題はない。

下田は長年のサラリーマン生活で、それが一番の身の安全だと心得ていた。

落合は知ってか知らずか言葉を濁したが、大方の予想はついていた。理事長の坂口と自民党幹部の伍堂代議士、それに東松建設のつながりが背景にあるはずだった。

下田が勝手に想像をめぐらしていると、今度は落合の方から聞いてきた。

「あの、わたしからも質問していいですか？」

「おう。なんでも聞いてや。女の話やったら若い橋本君のほうが詳しいかもわからんけどな」

下田が茶化し気味にいうと、関東炊きを平らげて所在なさげにスマホをいじっていた橋本が、急に立ち上がって帰ると言い出した。

「すんまへん。わて、会社にまだ仕事が残っていたのを思い出しましてん。先に失礼してええですか」

言いながら財布を取り出そうとする橋本を、下田は手で制する。

「ええよ。お湯割りと関東炊きの値段なんか高が知れとるわい。わしのおごりや」

「それならお言葉に甘えます」

橋本が出ていくと、奥のテーブル席は二人きりになった。

落合は改めて酒の肴に串カツを二人前注文し、それから下田に向き直って顔をあげた。

「今回の案件はコストオン方式ですよね。なにか理由があるんですか」

「うーん。なかなかええ質問やなあ」

下田は盃の酒を飲み干してにんまりと顔をあげた。

「通常は分離発注方式や一括発注方式なのに、わざわざコストオン方式を採用しているのは、大阪はそういう商習慣が多いのかなと思いまして」

ビルなどの建設工事は、単に建物を建てただけでは用をなさない。建物の中にめぐらす電気設備や配管などの付帯工事をすべて建物の中に組み入れた工事をして初めてビルとしての機能を発揮する。

この「建築工事」と「設備工事」を別々に分けて発注するのを「分離発注方式」と呼ぶ。発注者は、電気設備や給排水、衛生、空調などを担う設備工事会社に対して、直接ニーズや要望を伝えることができ、かつ費用の透明化が図れることから、透明性が求められる官公庁や、特殊な設備工事が必要な金融機関、生産工場などで多用される発注方法である。

　これに対し、「一括発注方式」は、工事請負の相手方は元請け業者のみで、設備を手掛ける設備工事会社は元請けの下請けとして元請け業者が選定し、発注者は関与しない。

　一方、今回の発注で大昭学園が採用した「コストオン方式」は両者の折衷案といえた。発注者の大昭学園は、建築工事会社と設備工事会社の両方とも自分で選定し、それぞれの工事費を取りまとめる。その上に設備工事の現場管理のための費用を加え、つまりオンした金額で建築工事会社に発注する方式である。

　当然ながら契約上、設備工事会社は建築工事会社の下請けという形になる。

　下請け業者にトップスや大電工の名前があっても、よほど専門に調べない限り表面化しにくいというからくりである。

「大阪ではコストオン方式が一般的かというと、そんなことはおまへん。そら関東と同じで、コストオンは特殊なケースや」

　下田は運ばれてきた串カツを口に入れると、慎重に言葉を選びながら話した。

　ひょっとしたら――。

　落合は本当になにも知らないのかも知れないと、下田は思った。

「でも、その特別なコストオン方式で発注するということは、発注者の中に業界に詳しい方がおられるというわけですね」

「まあ、そういうことやな」

「大昭学園の理事長さんですか？」

「落合はん、あんたホンマになにも聞いていないの？」

「いや、ここだけの話ですけど、うちは東京本社と大阪支店の意思の疎通が悪くて、わたしら現場は困っているんです。下田さん、わたし決して口外しませんので、今回の案件について、もう少し詳しくレクチャーしていただけませんか」

「あんたがここだけの話やいうんやったら、わしの話もここだけにしといてや」

下田は顔を伏せ、目だけで落合を覗き上げながら低く言った。

「もちろんです。絶対に口外はしません」

「落合さんとこの大阪支店には、トップスから派遣された設備設計の図面を書く人間が常駐してるやろ」

「はい、いますね。わたしは大阪支店に赴任してきたとき、なんで設備設計会社の人が常駐しているのかなと不思議に思ったんです」

「あれな、大昭学園の理事長が大電工時代に始めた慣習なんや」

「え、坂口理事長は大電工のご出身なんですか？」

「大電工時代の坂口さんは伝説の談合屋と言われた超有名人や。大阪で、あの人を知らなんだら、もぐりと言われる」

「下田さん。ありがとうございます。下田さんに教えてもらわなかったら、わたし、業界の笑いものになるところでした」

落合は大袈裟に頭を下げ、下田の盃に酒を注ぎ足した。

「東京に本社のあるゼネコンは、どこも大阪支店には設備設計の図面を描く要員を置いていない。どうせ設備工事は、設備屋に下請けさせるからという判断なんやろうけど、そういうところに図面描きを常駐させといたら、ゼネコンは重宝するやろ」

「それはそうです。わたしら、建物にしか興味はありませんので」

「そこにトップスは目を付けたわけや。図面描きを一人常駐させておくだけで、ゼネコンが受注した新築物件情報は全部トップスに筒抜けになる。図面描きの給料くらい安いもんや。何十倍ものお釣りがくる」

「坂口理事長という人は、頭いいですねえ」

「そら切れ者やで。頭が切れすぎて、かなり危ない橋を渡っているという噂もないわけではない」

下田は酔った勢いで、少し喋りすぎかなと内心で自戒した。

「とおっしゃると?」

「いや、それは、ま、わしが言わんでも、そのうちに分かるやろ」

「検察絡みですか?」

「落合さん、わしにこれ以上言わすなや」

「すみません。わたし、下田さんなら信用できると思って少し甘えてしまいました」

「わしにおべんちゃら言うても、なにも出えへんよ」

「先ほどの話の続きですけど」

「うん」

「コストオン方式を採用して、表向き一括発注方式に見せるということは、設備工事業者は施主さんが指名する業者に限ると?」

「そや。トップスと大電工を指名してきとるがな」

「なるほど。坂口理事長はご自分の出身企業である大電工、トップスに設備工事を発注したい。けど世間の目がうるさいから、あえて一括発注方式を装ったコストオン方式にしてトップスの名前が表に出ないようにするということですか」

「落合さんはさすが東京のゼネコンやな。飲み込みが早いわ」

「もう一つ、お聞きしていいですか?」

「乗りかかった船や。わしが知っていることなら、なんでも教えたるよ」

「設計のことですけど、ふつう今回のような新築工事の設計は複数の設計事務所にプレゼンで競わせたうえで、新校舎にふさわしいアイデアと費用などを盛り込んだ見積もりを出させて総合的に判断するのが一般的だと思うんですが」

「ふつうの設計見積りはそうや。大昭学園もな、これまでは設計事務所を三社ほど指名して、それぞれアイデアと建築費を提出させる三社見積りの競争入札をしていたらしい。鵜沼組の人がそう言うてたわ」

「じゃあ、設計も特別なんですね」

「詳しいことは知らんけど、今回の設計は葉山設計事務所が随意契約で受注してるやろ。葉山設計事務所の葉山貢所長は坂口理事長と淀工大の同期生らしいわ」

葉山は、大電工時代の坂口の裏金作りを脇から支えた男で、在阪ゼネコンの間では、坂口の集金係という噂があったが、下田はそこまでのことは伝えなかった。

「設計事務所長が大昭学園の理事長と同期生で、契約は随意契約。ゼネコンとの請負契約はコストオン方式とくると、やはりいわくつきの仕事になりそうですね」

「うん、まあ一筋縄ではいかん工事になることだけは覚悟しといたほうがええな」

「いろいろ教えていただいたから打ち明けますけど、打ち合せの内容は逐一報告しろと、支店長がピリピリしていたので、どうもいやな予感がしていたんですよ」

落合はアルコールが回ったせいか、最初のころの慎重な態度とは打って変わって愚痴っぽく言った。それを見て下田は思い切って探りを入れた。

「ところで落合さんよ。鵜沼組が抜けて、今回はあんたんとこがＪＶのスポンサーになったわけやけど、例の五億円の寄付金要請の話はどない処理するつもりなんや？」

「あ、それですね。五億円の寄付なんて到底無理です」

「無理でオーケイいうことは、ある程度、見通しがついているんやな」

「当社が最初に提示した見積金額は二二億四〇〇〇万円です。それに五パーセントの一般管理費を乗せると二三億五二〇〇万円。対して大昭学園側が提示してきた指値は二五億九〇〇〇万だから差引一億五七〇〇万。で、この三〇パーセント、五〇〇〇万までなら寄付金を出していいというのが支店長の判断でした」

「最初の見積額を基準にしたんやな。それならなにも問題ないわな」

下田は、二度、三度、大きく首を振って頷いた。

「ですから、当社はスポンサーとして、ＪＶ決定後に四五〇〇万円の寄付を行う予定ですので、ＪＶの構成比通りにいけば、前村組が三五〇〇万円、大木建設が二〇〇〇万円。三社合計で一億円の寄付を行うと。だいたい妥当な線ではないでしょうか」

「うちは先の三月期決算で三二四億円の赤字を出して五六〇人もの人員整理を行ったばかりやから、正直言って三五〇〇万円でも厳しいのは一緒やけど、まあ出せない金額ではないし、それくらいなら上のほうにも報告しやすいわ」

結局のところ――。

大昭学園側からの五億円の寄付要請も、それを理由に東松建設がＪＶを下りると主張したのも、つまりは鵜沼組外しが目的だったのではないか。

下田は歯に詰まった串カツの肉片を楊枝でほじり出しながら一人で合点した。

4

東松建設と前村組、大木建設の担当者三人を送り出した理事長室で、坂口は一人で窓際に立って眼下を流れる淀川を見下ろしていた。冬至が近いせいで、外はすっかり薄墨色の帳が下りて、対岸のビルの灯りが一際輝いている。

「お呼びですか？」

背後から声がして振り返ると常務理事の杉田が、のそっと立っていた。

「うん、呼び立ててすまんな」

坂口は長身の杉田を見上げ、ソファーを指さしながら自分も歩み寄った。

「いま、一〇号館の新築の件をゼネコンと話していたんやけどな、次の理事会で説明せなあかんのや。あんた、説明資料を作ってくれるか」

「わかりました。どんな手順にするとよろしいですか」

元銀行マンの杉田は、七三に分けた髪に手を添えながらソファーに座った。

「まず、淀工大一〇号館新築工事についてという議題で、あんたから提案して欲しいんや」

「はい」

「次に、趣旨説明を淀工大の北川学長にさせる。実験棟の改築は、設備が古うなってしもうて淀工大の長年の懸案事項だったんや」

「わかりました。趣旨説明の文案は北川学長に作らせます」

「ただし、あんたがちゃんとチェックせなあかんで」

「承知しました。議題の説明の際にはゼネコンの名前は出しますか？」

「ゼネコンの名前は出してもええけど、発注方式なんかは言わんでええ。一括発注方式だのコストオン方式だのと説明したかて、どうせわからん連中ばかりや」

「工事金額についてはどうされますか？」

「総額だけでええんと違うか。ええーとな……」

坂口は目を細めて手帳の小さい文字を見ながら読み上げはじめた。

「ちょっとお待ちください」

杉田が慌ててメモ帳を広げ、背中を丸めて記述を始める。

「工事費は、本体工事と設備工事合わせて三八億九〇〇万円。それに消費税五パーセントを上乗せして三九億九九四五万円や」

「本体工事価格二五億九〇〇〇万円と、設備工事一三億円ですね」

「それは分けて書かんでもええ。書くのは合計金額と消費税を上乗せした金額だけや」

「失礼しました」

坂口の口調が尖ってきたのを敏感に察知した杉田は、すぐに頭を下げた。

「工事を請け負うゼネコンは東松建設、前村組、大木建設の三社ＪＶや」

「はい」

「工期はいまある校舎の取り壊し期間も含めて一〇ヵ月」

「承知しました」

「あとは、新校舎の必要性を北川学長にしっかり説明させることやな。現在の実験棟は建物も設備も古く、改築は喫緊の課題であったこと。とくに建物は文部省が定める耐震強度の基準よりも著しく低く、学生の安心安全な教育環境を考えても、早急な改善が求められていたこと。および中の実験設備もデジタル化も含めて最新式のものに一新し、学生募集の目玉にしたいと、そんなことなどを大袈裟に強調して説明させるんや」

「設計事務所の名前はどうしますか？」

「それも発表しなくてええ」

「ゼネコン三社からの寄付金は公表してもいいのではないですか」

「そやな。寄付金はどうせ表に出るんやから、それは理事会で発表したほうがええやろ。東松建設が四五〇〇万、前村組が三五〇〇万、あと大木建設が二〇〇〇万やな」

「三社で合計一億円ですね」

「うん」

「承知しました。それではわたしは北川学長とも連絡を取り合いまして、一両日中に理事会の議案と進行予定を作成してまいります」

杉田は猫背気味の長身を折り、慇懃無礼に一例して理事長室を出口に向かった。追いかけるようにして坂口が杉田の背中に声をかける。

「今週中くらいにまとめてくれればええよ」

だが、そのときすでに、坂口は内心で別のことを考えていた。

通常——。

数十億円単位の大きなビルなどの新築工事では、その情報提供者に対して業者から支払われる、俗にいう口利き料は、総工事費の三パーセントというのが業界の常識である。いや、常識だったと過去形にすべきだろうか。

最近では、業者同士の不正取引、いわゆる談合などに対する世間の目が厳しくなり、業界のリーダーたるスーパーゼネコンが支払う口利き料は、総工事費の〇・一パーセントから最大でも〇・五パーセントへと減額されている。ただ、少なくとも公取委の監視体制がいまほど厳しくなかった十数年前まで、たとえば坂口が談合屋として暗躍していた時代は、三パーセントが当たり前な相場だった。

とはいえ、土地買収や立ち退きに絡んで政治家や裏社会の手を借りるようなことがあると口利き料は一気に跳ね上がり、そうした人たちと水面下でつながっていると噂されていた坂口は、当時でも五パーセントを要求していた。

いうまでもなく、口利き料は大学への寄付金とは別枠である。

大学への寄付金は、会計処理でもきちんと帳簿に記録して残すオモテの金であるのに対し、口利き料は一切帳簿に残さない裏金。

裏金だから当然、出どころは内密に処理できるところとなる。

土木建設業界は古くから、元請け、下請け、孫請け、その孫請けにも一次孫請け、二次孫請け……と幾層にも重なるタテ社会から成り立っていて、それら下請け、孫請けから徴収する上納金が裏金の原資になる。つまり、元請けは下請けに、下請けは孫請けに請求すれば、我が身を傷めずに裏金の原資を調達できるという構造があり、それがこの業界から下請けいじめがなくならない一因になっていた。

むろん、公取委や検察庁に告発すれば、その場では下請けいじめから逃れられる。しかし、その結果は、仕事を干されて経営自体立ちゆかなくなるから、不当と思っても、親会社からの要求には逆らえない。結果、裏金の原資は、どんな時代になっても確保され、金額の多寡はあってもなくなることは永遠にないのだった。

坂口は長年この業界で生きてきて、そのからくりを裏の裏まで知り尽くしていた。

その裏の知識が、いまは自分の私利私欲のためだけに生かせる。

大電工やトップスで、経営の一角に陣取っていたときは、多少の中抜きはしたものの、本分は会社を儲けさせるために全精力をつぎ込んでいた。会社に利益をもたらすために談合の仕切り役を買って出て、裏金作りに勤しんだ。いいことだとは思わないが、それで会社は利益を上げ、株主は潤い、大電工やトップスの周辺にいる中小設備工事屋も仕事が確保されて、業界全体が回っていた。

誰がなにを言おうと、わしは一人で業界を回しているんやと、大きな声を張り上げてアピールしたいと何度思ったことか。

しかし、世間はそんな自分を誰一人として評価してくれなかった。評価しないどころか、業界の談合屋だの、寝業師だのと、自分をまるで犯罪者扱いする始末だった。なかでも許せないのは親会社の大阪電力の幹部たちである。やつらは、現場の仕事の一切合財を自分たちに丸投げして利益をむさぼりながら、坂口の功績をまるで評価せず、それどころか大電工副社長時代は経済活動の表舞台に一切立たせなかったばかりか、世間の目が厳しくなると自分たちに累が及ばないよう大電工に孫会社を作らせ、それこそ石もて追うがごとく追放したのだった。

それが回り回って、いま自分のためだけに業界の知識を生かせる。

こんな楽しいことがあるだろうか。

今回の工事費は総額二五億九〇〇万円で、構成比は東松建設が四五パーセントで金額にして一一億二九〇五万円。同じく前村組は構成比三五パーセントで八億七八一五万円、大木建設は同二〇パーセントで五億一八〇万円となり、各々その工事費の五パーセントを口利き料として徴収すると、東松建設から五六四五万円、前村組からは四三九〇万円、大木建設からは二五〇九万円。合計一億二五四〇万円余が懐に転がり込んでくる。

営業活動もなにもしなくて入ってくるのだから、濡れ手に粟とはこのことだと、坂口は無意識のうちに頬の肉が緩むのを必死にこらえていた。

いや、違う――。

一億二五四〇万円どころではないぞ。

そう思ったとき、坂口の胸ポケットで携帯電話の呼び出し音が響いた。発信者はトップス社長の山川博司だった。

坂口は面倒臭そうな口調でスマホを持ち直した。

「おう」

「理事長、いまお時間はよろしいですか?」

「なんや」

「例の工事の見積もりについてご相談したいのですが」

そうそう、それや、と呟いて、とたんに坂口は猫撫声に口調を変えた。

「あんた。いまから出てこれるか？」

「それはかまいまへんけど、どちらにお伺いすればよろしいでしょうか」

「先日行った、新地の店で一時間後にどや」

承知しました、という山川の声が切れる前に携帯電話を閉じると、坂口は大急ぎで帰り支度を始めた。

5

電話で指示を受けてからピッタリ五〇分後に、山川は会員制クラブ「徳大寺」のドアを開けた。待ち合わせ時間の一〇分前に着く。それは山川が坂口と行動を共にするとき、いつも心がけていることだった。

坂口は、時間に遅れると、たとえ一分でも人前で怒鳴りつけた。

といって、早く着きすぎても時間の無駄と叱責した。

とどのつまり、山川は早く着いて一〇分前まで付近で時間を潰すしかなかった。間尺に合わないのはどっちのほうだと内心では思ったが、もちろんワンマンの前で口にするわけにはいかない。

いた。

黒服に案内されて、いつもの奥の部屋に入ると、坂口の横にもう一人、小柄な男が座っていた。

「お、早いやないか」

誰？　と一瞬、山川は目を細めて凝視した。

しかし、目が薄暗さに馴れる前に、葉山設計事務所長の葉山貢であることは、小柄で丸っこいシルエットからすぐにわかった。

「これはこれは。葉山先生もご一緒でしたか」

山川は頭を下げてＬ字型ソファーの二人の斜め前に座る。

「あのあと、わしが先生に電話して出てきてもろうたんや」

「わたしもちょうど理事長にご相談したいと思うてましたので、渡りに船でした」

坂口の言葉に、葉山は小さく頷いて笑顔で応じた。

丸い体型で小柄な葉山は、外見は好々爺然とした温和な表情をして、人の好さそうな雰囲気をたたえていた。しかし、温和な笑顔の下でなにを考えているか、よくわからないというのが、最初に会ったときの山川の印象だった。その印象は、仕事を通じて付き合うようになってからも変わらなかった。

理由はほかでもない。

かなり以前から、坂口が手がけた案件の大半に葉山設計事務所が絡んでいたのである。

葉山貢は坂口と淀工大の同期生だから、二人が仕事で協力し合うのはなんら不思議ではなかった。しかし、坂口が手がけた案件に葉山が一枚噛んで、そこで裏金作りが行われているとしたら話は別である。

実際、坂口が受注した工事の設計を葉山設計事務所が行うと、工事費は業界の水準より二、三割高になるという評判が立っていた。

山川自身、何度も同業者から不満を聞いていたから間違いのないところだった。

一般に建造物の設計料は、工事費の一割が相場といわれている。

建設費が五億円の住宅を設計すれば、設計料は五〇〇〇万円になる。

この相場は、設計士の一存では変えられない。たとえ世界的に高名な設計士であろうと一割は一割である。だから設計料をより高く取ろうと考えるなら、高い材料や工法を採用するしかない。

たとえば居間のマントルピースに使う大理石はピンからキリまであるが、それをイタリア産の最高級大理石にするだけで設計に要する手間は変わらないのに、設計料は簡単に一〇〇〇万円くらい上乗せできる。

葉山は別名、坂口の裏金作りの集金係といわれていた。坂口が潤沢な裏金をキープしてきたのも、葉山設計事務所が絡んでのことと山川は睨んでいた。

「まあ、一杯飲めや」

「いただきます」

坂口は山川にビールを勧め、自らも水割りのグラスを手にしてから、改めて横の葉山を振り返った。

「それで、淀工大一〇号館の設備工事代金やけど、だいたいどんな見積もりになってんねん？」

「いや。もうそれは理事長のご指示通りに、いかようにでもできますわ」

「一〇号館の本体工事費は総額で二五億九〇〇万円なんや」

「一般的に言うたら、設備工事代金は本体工事価格の二五〜二七パーセントいうのが相場ですさかいな」

山川は、ポケットに忍ばせてきた小型電卓のキーを叩いて計算した。

「二五パーセントとして、六億二七二五万円。二七パーセントなら、六億七七二三万円になります」

「うむ……」

山川の言葉に、坂口は吐息交じりに呟いて黙り込んだ。山川は息を殺して次の言葉を待った。葉山は腕を組み、顎を突き出して目を閉じている。しばし静寂の時間が流れ、胸の前で組んだ腕を解いて、葉山が坂口の顔色を窺うように斜めに見上げて低い声で呟いた。

「最初にいかほど上乗せするか、そこから入ると簡単やおまへんか」

「一三億で、どや？」

「え……」

いきなり出てきた金額に、山川は言葉を飲んだ。

しかし、葉山はとくに驚く様子もなく淡々と応じた。

「一三億いうと、設備工事代の総額が一三億でええ、いうことですな」

「そや。どうせ上乗せするんやったら、二億乗せるも七億乗せるも一緒やろ」

「わたしもそれでええと思いますよ。一流大学の一一階建て校舎にふさわしい設備工事にすればええだけのことですさかいな」

二人の会話を聞きながら、山川は息をするのを忘れていた。

一般的な相場は七億円足らずの設備工事の見積額が、倍近い一三億円だという。

正直な話、山川には想像すらできなかった金額だった。

山川はここ数日、坂口に呼ばれたときに備えて、淀工大一〇号館の設備工事の見積額を自分なりに計算して弾き出していた。計算の基準は「いくらかかるか」ではなく「いくらなら坂口が納得するか」だった。

つまり、坂口の性格も考えて見積額を算定していたのだった。

坂口のことだから、本体工事価格の二五〜二七パーセントという一般的な相場では絶対に収まらないだろうな。

では三〇パーセントでは、どうか？

三〇パーセントでも、お前なにを考えとんのや、といわれるかな。

それなら、いっそのこと四〇パーセントではどうだろう？

本体工事価格の四〇パーセントは一〇億三六〇〇万円。さすがに一〇億円は上乗せしすぎだろうから、せいぜい三八、九パーセントがいいところかなと、山川は自分なりに落としどころを考えていた。ところが、坂口が口にした金額は、そんな一パーセント単位で逡巡していた自分がアホ臭く思えるほど飛びぬけていた。

「社長、どうや」

「はい？」

突然、呼ばれて山川が頓狂な声をあげる。

「おい、おい。山川。しっかりせえや。工事を請け負うのはトップスやで。お前はそこの社長なんやで。あんじょう頼みまっせ」

「はッ」

「それとな、ゼネコン側は淀工大に対して三社合計で一億円の寄付をしてくれる。大電工とトップスからも、それぞれ三〇〇〇万と二〇〇〇万の寄付をお願いする予定やから、それも計上しといてや」

「わかりました」

山川は坂口に悟られないよう小さく息を吐いて、頭を下げた。

そのとき、葉山が温和そうな顔を向けた。

「それと山川社長」

「はい」

「いま理事長がおっしゃったのは、あくまでも大学への寄付金でっせ」

「あ、あ、ああ。承知しております」

坂口理事長への口利き料は別枠ですよ——。

一瞬、なにを言い出すのかと戸惑ったが、葉山の言葉がそれを示唆していることは、さすがの山川もすぐに察した。

金額は、あとで葉山に聞くしかない。

それにしても、ある程度の覚悟はしていたが、ここまでとは思わなかった。

一体、この先どこまでいくのだろうと、山川はこれまで越えたことのない一線を越えて行く自分の先行きに不安を覚えながら、コップの水を口に含んだ。

第三章　ワルの本性

1

二〇〇八年三月——。

桜の開花宣言は、各地の気象台が定めた標本木と称する桜の木に五、六輪の桜が咲いたことを気象庁の職員が確認すると発表される。大阪の標本木は大阪城西の丸庭園内にあり、この年の開花宣言は例年より三日早い三月二七日だった。

その前日。

すでにいつ開花宣言が発表されてもおかしくない陽気のなかで、大昭学園の二〇〇七年度最後の理事会が同学園管理棟六階の特別会議室で開かれた。

管理棟に隣接する淀川工業大学の機械工学科の実験・工作室はすでに取り壊しがはじまり、四方を防音・防塵シートで覆った囲いの中では、何台もの大型重機がうなりを上げてフル稼働していた。あと一〇カ月もすれば、ここに最新鋭の実験設備を整えた地下一階地上一一階の淀工大一〇号館校舎が出現する。

付近にあまり高い建物のないこの地区にあって、一〇号館が完成すれば、間違いなく地域のランドマークタワーになり、見晴らしのよい日には屋上から遠く千里丘陵の万博記念公園に建つ太陽の塔も見渡せるはずであった。

いやあ、いい仕事をしたな。

理事長室に座っていると、二〇〇メートルほど離れた一〇号館の建設工事現場から重機のエンジン音が地響きのように伝わってきて、坂口はその微振動を感じるたびにそんな感慨に浸るのだった。

理事長に就任してから丸一年と八カ月。

理事たちは、自分の仕事ぶりを全員が評価しているに違いない。

それは一〇号館建設計画を発表した一年前の理事会の空気からも感じたことだった。

淀工大が長年抱えていた懸案事項で、歴代学長が何度もその必要性を訴えてきたのに実現しなかった機械工学科の実験・工作室の改修工事を、自分は新校舎建設に絡めて理事長就任三カ月目で着手すると理事会の承認を得て公表した。

そしてすぐ工事の手配に入り、設計事務所とゼネコンの選定、所轄官庁への許可申請や補助金の申請手続きなどを矢継ぎ早に進めて、昨年末にそれまで建っていた工作室校舎の取り壊しに入ったのである。ゼネコンの選定で多少の行き違いはあったものの、これほど実行力のある理事長は、淀工大中興の祖と称される藤田進理事長以来のことと、理事の誰もが思っているはずだった。

大昭学園の理事会は、毎月一回開かれていた。

その理事会でも、自分は類まれなリーダーシップを発揮し、懸案事項を片っ端から片づけてきた。自分に異論を唱える理事はいなかったし、ときに質問があったとしても通り一遍の、というより理事としての立場をアピールする程度のものしか出てこなかった。

ひょっとしたら紛糾するかもしれないと気を引き締めて臨んだ、淀工大一〇号館新築工事を審議したときの理事会にしてからがそうであった。

坂口は、どのような質問が飛び出しても対処できるよう、葉山設計事務所の葉山貢と綿密な打ち合わせを繰り返し、質疑応答の想定問答集まで作って臨んだ。だが理事会は、常務理事の杉田に用意させた資料を読み上げただけで、質問らしい質問はほとんどなく、絵に描いたようなシャンシャンのお手打ちで、理事全員の承認を得た。ゼネコン三社が請け負うこと、その三社から提出された工事費見積、予想される工期、それにゼネコン三社から寄付の申し出があることなどを発表したのち、淀工大学長の北川禕一に機械工作室の建物や機械設備がかなり旧式であること、および最新鋭の設備に切り替えることの必要性を諄々と説明させて終了した。トップスの山川社長が事前に心配したコストオン方式に対する質問や、ゼネコン三社を選んだ経緯などについての質問も一切出なかったのである。

大学の理事会なんて――。

どうせ、そんなもんやと、理事会の承認を得た夜、坂口は北新地の「クラブ徳大寺」で、一〇号館の設備工事費として算定した通常の倍近い見積金額を話題にしながら、葉山と大笑いしたくらいだった。

当然、今日の理事会の議題も上手くいく。

坂口はそう信じて疑わなかった。

午後四時、大昭学園定時理事会は定刻通りに開会した。

理事会が開かれる特別会議室は、室の中央に丸テーブルがあり、淀川を背にした窓側中央に議長の坂口理事長が着席。その右隣に常務理事の杉田が、左隣にはもう一人の常務理事の横田が座り、以下一三名の理事たちがテーブル上の名札通りに着席した。窓と反対の壁側には二つの長テーブルが置かれ、右のテーブルには田中二郎と土師幸平の両監事、左テーブルには事務局職員で法人課長の東田太郎と係長の佐伯和夫が筆記係として着席した。

最初に坂口が理事長として型通りの挨拶をし、それから審議に入る。

「それでは、ただいまより一号議案について杉田常務理事より説明させます」

坂口に促され、長身の杉田が起立して用意した原稿を読む。

「お手元に配布した資料をご覧いただきたいと思いますが、最初にご審議いただく一号議案は『役員選考手続き規定の改正』についてでございます。現在、大昭学園理事会を構成する理事はご承知の通り、淀川工業大学、寝屋川大学、東広島大学の三大学学長と、評議員二名、学識経験者が八名から一二名となっております」

杉田は神経質そうに黒縁の眼鏡を指で押さえながら、抑揚のない口調で読み始めた。

従来、理事会を構成する理事、すなわち役員は、評議員による無記名投票で選出されていた。その評議員は、職員代表の職員評議員一五名、卒業生代表の校友会評議員一五名、学識経験者一〇名の計四〇名で構成されている。

ただし、役員選挙には誰でも立候補できるわけではなく、評議員会議長が委員長となって役員候補者選考委員会を立ち上げ、そのうえで職員評議員互選による四名、校友評議員互選による四名、および学識評議員互選による二名の計一〇名からなる役員候補者選考委員とともに、その委員会が作成した役員候補者名簿を作成。校友四〜六名、学識六〜一〇名、職員四〜六名の立候補者を評議員会が承認した後、評議員による連名無記名投票による選挙が執り行われ、八名から一二名の理事を選出するという手順を踏むことになっていた。

つまり、理事の選任は、そこに至るまでに二重三重の手続きを踏む必要があるため、要するに面倒だった。

「そういう意味で、役員選出の手続きをもっと簡素化したらどうかという意見は、これまでも多々寄せられていたところでございます。そこで本改正案では、第一に学識理事枠の定数（八名から一二名）のうち、過半数の六名を役員選考委員会の推薦枠として無投票で選任、残る二名から六名を投票により選任する。第二に、役員選考委員会は理事長が招集する。第三に、役員選考委員会の構成は理事長、常務理事二名、学長三名の計六名とし、ここで役員候補者の選考を行う、という提案をさせていただきました。皆さまの忌憚のないご意見をお伺いしたいと思います」

途中から完全に棒読みになった杉田の説明が終わると、坂口が理事たちを見回しながら、言葉をつないだ。

「どうですか。なんかご意見はおまへんか」

理事の間からざわめきが湧き起こったが、意見を言おうとする者は誰もいない。

そのとき一人の理事が挙手して立ちあがった。

北村守だった。

「ちょっと、よろしいですか」

北村は学生時代、野球部で将来を嘱望されてプロの世界を目指したこともあるほどで、肩幅のがっちりした大柄な体格は、立ち上がると周囲を威圧するような貫禄があった。

「北村理事、どうぞ」

「あの、理事選出をもっと簡素化しようというご提案は理解できますが、学園運営にとって理事会は最高決議機関であり、理事も含めた役員は当然、民主的に選ばれなければならないというのが規約本来の趣旨やと思うんです」

「……」

「ところが、今回、提案された改正案では、これ、第二、第三の項目をよく読みますと、役員選考委員会は理事長が招集し、そこで役員候補者の選考を行うとなっております。そうなると理事長一人で本学の経営組織というか、理事会を構成することができる仕組みになってしまいますので、これ、公平性がまったく担保できていないと思いますが、どうですか？」

「いや、それは役員選考委員会には理事長以外に常務理事や学長も入っていますし、公平性が担保できないということは決してないと思いますが……」

常務理事の杉田が弁明したが、北村はそれを途中で遮り、さらに続けた。

「こんなこと、わたしが理事長に申し上げるのも釈迦に説法やと思いますけど、そもそも民主主義いうのは手続きが面倒なものやと思います。面倒やけど、権力が一ヵ所に集中するのを防ぐためにはやむを得ないと、長い年月かかって編み出されたんやと思うのです。けど、今回の改正案は、その気になれば権力に固執したトップを誰も制止できんようになる恐れがある。そうと違いますか？」

畳み掛ける北村の言葉に、何人かの理事たちが同調して大きく頷き、会議室内にざわめきが広がった。理事たちは面と向かって口にこそ出さないものの、その表情からは明らかに改正案に対する不満が見てとれた。

「ちょ、ちょっと、北村理事」

「常務理事。この改正案はあなたの発案ですか？」

「いえ」

「それならあなたは口を挟まんでよろしい。わたしは理事長に聞いているんです」

中腰で立ち上がりかけた杉田を、北村は口と目で一喝した。

と、それまで黙ってやり取りを眺めていた坂口が、形勢不利と見たのか、やおら立ち上がって北村に笑いかけた。

「ま、ま。北村さん。本日提案させてもろうた役員選考手続き規定の改正案は、あくまでも一つの方向性を示す叩き台でおますよってな、皆さんからさまざまなご意見をいただいて、役員改正期の六月までに理事会のご承認が得られればええかなと思うとるんです。わたしども執行部は、必ずしもこれに固執してるわけやおまへん。理事会で議論してもろうて、公平性が保たれたうえで、より簡素化された改正案ができれば、それに越したことはないという考えですので、来月の理事会までに意見があれば提出をお願いしたいということでよろしゅうおますやろか」

ゆっくりと、時間をかけて丸テーブルを見回し、とりわけ不満そうな表情を浮かべた理事にはわざと視線を止めて語りかける坂口の言葉に、ざわついていた会議室の空気がようやく収まった。

それを見て坂口が杉田を促す。

杉田が立ち上がって言葉をつなぐ。

「それでは、一号議案はいま理事長のお言葉にあったように、次回までの検討課題ということにしまして、二号議案の提案に移らせていただきます」

杉田の言葉に、理事たちは配布された紙面に再び目を落とした。

そこには、二号議案「学校法人大昭陽光学園に対する一二億円の追加資金援助（貸付金）について」と大きな文字で書かれていた。

2

大阪府枚方市にある陽光学園は一九五七年の設立で、二〇〇〇年代半ばまではミッションスクールとしての教育を前面に出してきた中高一貫の私立校である。

高校ラグビーの強豪校としても知名度が高く、全国大会に何度も出場して幾多の名選手を輩出しているほか、京大や阪大へも二桁近い現役合格者を出すなど、関西では偏差値ランキングでつねに上位に顔を出す進学校としても知られていた。

しかし、少子化が進み生徒を確保することが難しくなってきたことを背景に、昨年一一月に学校法人大昭学園と連携協定を締結。大昭学園のグループ校となり、つい先日、新年度を前に校名を大昭陽光学園中学校、高等学校と改称したばかりだった。

陽光学園との連携話を大昭学園に持ち込んだのは常務理事の杉田である。

杉田は、もともと大手都市銀行出身の有能な銀行マンだという触れ込みで、坂口に誘われて大昭学園理事になっていた。

有能な元銀行マンが大学の常務理事に誘われたのはほかでもない。

毎年三月から五月までの間に、大昭学園には配下の三大学合計で六〇〇億円近い入金があった。新入生が収める入学金や全学生の授業料、補助金などが入ってくるのである。一方の支払いは数カ月から半年先。このタイムラグを利用すれば利回り数パーセントでも億の金を生み出せると考えるのは、誰しも同じである。

その運用を期待されて誘われた——。

ところが杉田が常務理事になって以降、年初に起きたライブドア・ショックと、後半に発覚した村上ファンドによる証券取引法違反事件で市場は混乱、資金を運用するような投資環境ではなくなってしまった。

杉田は坂口に、そのことをしきりに強調した。

しかし、人の話を聞くような坂口ではない。

「あんたな、運用のプロいう話やったやろ。仕事がなければ自分で作るのがプロやないか。ただ仕事のくるのを口開けて待ってるだけなんて、そんなんプロとは言えんわい。それとも大銀行の役員いうのは、仕事は部下に任せて、自分は毎日ゴルフしてれば給料がもらえるようなラクな仕事ばかりやったんか」

坂口の叱責は容赦がなかった。

そんなとき、たまたま武蔵銀行時代の部下が陽光学園との提携話を持ち込んできた。

「陽光学園は進学校として偏差値も高いし、生徒の質もよろしいのですけど、いかんせんカソリック系の教団が学校経営に情熱を失っていましてね、少子化で生徒募集にも苦労していて、本音は学校経営から撤退したい意向なんです」

「財務内容はどんな感じですか？」

「数億円の赤字は抱えていますが、その補てんをしても、教員の質や進学校としてのブランド力を考えれば、決して悪い買い物ではないと思います」

話を聞いて、杉田は直感的にいけると思った。

同時にこれでしばらくは坂口の罵声攻勢からも逃れられると安堵した。

杉田は直ちに坂口を説得した。

「陽光学園のある枚方市には、淀工大の情報科学部がありますし、寝屋川大の薬学部もありますから、ここに中・高校の拠点を持つことは、大昭学園の将来を考えるうえでも悪い買い物ではないと思います。それと、陽光学園との提携は淀工大付属高校、中学のブランド力アップにもつながります」

「どういうこっちゃ?」

「陽光学園の昨年度の偏差値は特進コースで五五です。これは大阪府下の高校三百二十数校のうち、九位にランクされる偏差値です。対して淀工大高の偏差値は三〇位以内にランクされておりません」

杉田は進学資料・偏差値ランキングと書かれた一枚の紙を広げて説明した。杉田が示した紙面には、進学校として全国的に知られる灘高が偏差値七二でトップ、以下、二位に大阪星光学院と明星が偏差値七〇で続き、九番目に同五五で陽光学園の名前があった。

「淀工大高はいったいどのくらいなんや」

「いいところ偏差値三八、九……」

「そんなに低いんか」

「残念ながら、三二〇校中二〇〇番台です。これから少子化が進むと、淀工大高自体の偏差値を上げ、せめて偏差値五一、二にしないと、高校の生徒は集まらなくなります」

「それでどないせい言うんや」

「陽光学園と提携することにより、陽光学園の教師を淀工大高に呼び、進学課程の授業をさせて生徒の学力アップにつなげます。同時に、次年度より新たに進学コースを作って進学希望者を積極的に募集します。そうやって教師の質を高め、生徒の質を高め、それによって淀工大高のブランド力を高めていくのです」

「それはわからんでもないけど、金がかかるやろ」

「陽光学園は五〇年前の開設ですので、提携後は校舎の改築などに多少の出費はともなうと思いますが……」

校舎の改築と聞いて坂口は、とたんに相好を崩した。

「そうか。そういうことならお前に任せる。あんじょうやってや」

これで一気に話が進み、交渉開始から三ヵ月後に連携協定を締結した。

ただし、この交渉は理事会に諮らないまま進められた。

本来なら、学校経営に関する内容はすべて理事会に諮って決める規約になっていたが、坂口と杉田は二人で連携協定の大枠を決め、坂口が記者会見で発表するまで、理事たちには交渉をしていることすら知らせなかったのである。

記者会見の直前に開かれた臨時理事会は、当然、隠密裏に進められた交渉の是非が議論になった。

最初に質問に立ったのは政光である。

「学校経営に関する内容は、すべて理事会に諮って決めるというのが筋だと思いますが、なぜ、秘密裏に交渉したのかご説明願います」

坂口が眉間に皺を寄せ、険しい顔で答える。

「交渉事というのは相手があってのことなので、途中で横やりが入ってもいかんと考え、杉田常務を窓口に交渉を進めました。ご存じや思いますけど一般の会社なら、合併話は株価などに影響を与え、インサイダー取引に抵触する恐れがあるから秘密裏に行うのが当たり前です。それと同じで、陽光学園のように進学校としてのノウハウを持っているところは、ほかの学校がいつ横やりを入れないとも限らない。そういうことを総合的に勘案し、今回は秘密裏に進めさせてもらいました」

「確かに、一般企業なら株価に影響することから秘密裏に進めることもあるでしょう。けど学校経営は違います。学校は地域とのつながりもあれば卒業生もいて、社会性を持った組織なんです。だから合併のような交渉事は、理事会はもとより生徒、父兄、教職員、OBあるいは地域に対して早くから公開し、それぞれの意見を聞きながら進めるのが筋です。学校法人という公益性を持った組織ならば、普通はそうする。それを非公開のまま進めたというのは、公益性のある組織としては異常ですよ」

なおも追及すると、今度は坂口に代わって杉田が答えた。

「陽光学園のある枚方市は、本学園グループの淀工大情報科学部があり、寝屋川大の薬学部もありますので、ここに中・高校の拠点を持つことは、本学の将来性を考えてもプラスになると思います。もう一つ、陽光学園は大阪府下でもベストテンに入る進学校ですので、ここととの提携は、淀工大付属中学、高校のブランド力アップに多大な貢献をするものと判断しました」

「いや。提携が悪いと言うてるのやない。それを秘密裏に進めたことの是非を問うているのです」

「……」

「少子化時代を迎え、学校経営が厳しい環境にあるのはどこも同じですので、私立校同士の合併は、ほかでもあります。そういうケースを調べてみましたが、大半は半年から一年前に合併交渉をする旨公開し、時間をかけて生徒や教職員、父兄、ＯＢ、地域の意見を集約しながら進めている。それを理事会にも諮らず非公開で進めて、わずか三ヵ月足らずで結論を出すというのは、あまりにも拙速すぎる。なにか公開できない理由でもあったのではないかと勘繰られても仕方がないと思いますよ」

政光は必死に追及したが、あとが続かなかった。

二号議案を杉田が提案した当初は、秘密裏に交渉を進めた執行部に反発した理事たちも、相手がブランド力のある陽光学園なら非公開交渉もやむなしという空気にかわり、あえて挙手をしてまで意見を述べる理事は出てこなかったのである。

「ま、政光理事のご指摘は真摯に受け止め、今後はすべて理事会に諮って進めることをお約束しますが、なにせ今回は、大阪の私立校の偏差値ランキングでもベストテンに入る陽光学園との交渉であったこと。およびこの提携協定は淀工大高のブランド力アップに多大な貢献をするという特別な背景があったことをご理解いただき、ぜひ理事会の全会一致でのご承認お願いします」

坂口は、間もなく記者会見が迫っているからという理由で強引に議事を進め、結局、理事会は不承不承な理事もいるなか、全会一致で承認したのだった。

その臨時理事会が開かれたのが昨年の一一月末だから、まだ三ヵ月しか経っていない。にもかかわらず一号議案に続いて提案された二号議案の表題を見て、理事たちは一様に驚いた。そこには大きく「学校法人大昭陽光学園に対する一二億円の追加資金援助（貸付金）について」と、次のように書かれていたのである。


学校法人大昭陽光学園への追加資金援助（貸付金）の件

一、貸付先　　学校法人大昭陽光学園
二、貸付金額　一二億円
三、貸付金利　年一・〇%
四、貸付期間　一五年（内、据置五年）
五、貸付日　　二〇〇八年四月七日（予定）

六、資金使途　校舎新築関連費用八億八二〇〇万円他、人件費、経費に充当

以上

要するに、連携協定を結んでグループ校になったばかりの陽光学園に対し、同学園が抱える赤字補てんと、新校舎建設のための周辺整備費として、年一パーセントの利率で一二億円を貸し付けるというのである。わずか三ヵ月前の臨時理事会で、陽光学園との合併を容認した理事たちも、これには目を剥いた。

最初に手を挙げたのは、一号議案のときと同じ北村理事だった。

「ちょっと待ってください。一号議案のときもそうでしたけど、このような議案は、事前に次の理事会の議題はこれこれですという案内なり、資料なりを配布して、われわれにも検討する時間を与えていただかないと、いきなりこの場でさあ質問してくださいと言われても話になりませんよ。理事会に間に合わすよう議題を出すくらい、すぐにできるでしょう。理事会の一週間前に議題を出す。討議する内容を事前に理事に知らせる。それをしないから、いつになっても肝心の審議に入れないんです。そういう議題や資料を作るために事務局スタッフを置いているんやないかと思いますけど、違いますか」

北村は坂口を見据えたまま、さらに続けた。

「それが一つ。で、本題の二号議案について申し上げると、第一にいま一二億円の融資が必要と言われたけれども、一二億円を必要とする使途明細が提示されていません。校舎新築関連と書いてあるけれども、どのくらいの規模の校舎を予定しているのか、その校舎を新築して生徒募集の目途はあるのか、もっと詳しく説明してくれないと、これだけでは、はい、わかりましたというわけにはいきませんよ」

「……」

「第二に陽光学園からの返済計画が明確になってない。第三に借り入れに対する陽光学園からの担保が設定されていない。たとえグループ校であっても多額の資金を融資する以上、担保は必要やないかと思いますよ。第四にまず陽光学園のビジョンを明らかにしてもらう必要がある。ビジョンが明確でないものに一二億円もの巨額な援助する意味がわたしには理解できません。どうですか？」

北村は自身が経営する新聞社の資金繰りでさんざん苦労しただけに、金銭の貸し借りについては、誰もが納得するだけの説明責任と節度が求められると考えていた。

ましてや常務理事の杉田は元銀行マンである。

銀行マンであれば、当然、そうした必要性は百も承知なはずで、にも関わらず、それらの資料も説明もないことに、北村は義憤にも似た腹立たしさを覚えたのだった。

「そら、そうや。わしも北村理事の意見と一緒です」

北村の横から校友会理事の庄司正臣が座ったまま口を挟む。庄司のほかにも数人の理事たちが異口同音に声をあげた。

とたんに坂口が立ち上がる。

「北村理事のご意見はごもっともな話ですよって、次回、四月の定例理事会までに、ご指摘のあったような意見に対する資料を提示するということで、継続審議にしたいと思います。よろしいでしょうか」

坂口は、理事たちを見回しながら「ご意見があれば、次の懇親会の席でもお伺いしますので」と付け加えて強引に理事会を終了させた。


理事会終了後、この三月末をもって退任する東広島大学学長の里崎一郎の送別会を兼ねた懇親会が催された。

別室に設けられた懇親会場には酒肴の用意もしてあり、里崎の挨拶のあと、理事たちはめいめいで小さなグループを作り、酒を酌み交わして親交を温めた。酒が入ると、会議から解放された気楽さも手伝い、それまでおとなしかった人も饒舌になって、思い思いに意見を述べはじめた。そんな理事たちの話題は、先ほど終わったばかりの理事会で切り出された一号議案の「役員選考規定の改正案」に集中した。

しばらくして坂口がトイレに立つと、理事会の席では一言も発しなかった三人の学長が北村のところに寄ってきて耳打ちした。

「北村理事のおっしゃる通り、あの改正案を通すと、坂口理事長の独裁になってしまいますよ。わたしはもう退任する身なので何もできませんが、大昭学園の将来のためにも、北村理事に頑張っていただきたい」

「そう思います。恥ずかしい話ですが、わたしらは教学の立場で、学内理事としては意見を述べづらい側面がある。けど、いうべきことは誰かがいわないといけない。きょうの北村理事のご意見には感動しました」

「いや、ほんまですわ。民主主義いうのは権力の集中を防ぐために、わざと手続きが面倒なようにしてあるのです。それ国政選挙をみてもわかる。今回提示のあった役員選考手続き規定の改正案は、責任転嫁ということではありませんけど、ぜひとも北村理事のご尽力で否決にもっていって欲しいですな」

同じことは、政光を囲んだテーブルでも起きていた。

政光の周りには、庄司正臣と大場新太郎の両理事、それに監事の田中二郎、土師幸平の四人が集まっていたが、思いはいずれも一緒だった。

「改正案は坂口理事長の横暴や。あんなもん認められるかいな」

ふだんおとなしい田中が言うと、即座に庄司も同調した。

「当たり前や。断固反対すべきやで。だいたいやな、三四年の長きにわたって理事長を務められた藤田理事長かて理事の選任は民主的に行ってきたんや。それをわずか半年足らずで、何の実績もない坂口が好き勝手にやらかそうなんてふざけた話や。坂口の横暴は目にあまるものがあったけど、これまでは黙ってきた。けど、これ以上目立つようなら、わしは校友会に働きかけて許さへんで」

校友会会長として淀工大OBをバックに持つ庄司は、コップ一杯のビールのせいで感情が高ぶったのか、声のトーンが次第に大きくなり、横で聞いていた政光と大場が思わず袖を引いて抑えたくらいだった。

3

理事会から二日後の三月二八日。

大昭学園法人課長の東田太郎が、北村の関西日日新聞社を訪ねてきた。

訪問した理由は、法人名称変更等の登記にかかる議事録の押印のためである。

北村は新聞社六階の役員応接室に招き入れて面談した。押印だけなら秘書の対応で済むことだったが、あえて面談したのには理由があった。

理事会の議事録が改竄されているのではないか——。そんな疑念が北村のなかにあったからである。その疑念は坂口が理事長になって以来、ずっと晴れることなく北村のなかで燻っていた。

たとえば一〇号館の新築工事が、そうだった。

理事会で執行部が提案する議題は、もともと資料がないので、深い議論に進まないまま終始していた。のみならず、ちょっとした質問をしても通り一遍の説明で終わり、それ以上深く突っ込むと、時間がきたので継続審議にするとして逃げられてしまうのである。

ところが次の理事会では別の議題が提案され、継続審議となったはずの議題はいつの間にか理事会が承認した形になっていた。

むろん、理事のほうから再説明を求めればよいのだが、北村のような非常勤理事は全員、自分の仕事を持っていて、そこまで詳しく学園経営に踏み込めないのが実情だった。

しからば学内の常勤理事たちはどうかというと、人事権を坂口に握られているため、表立って執行部に意見を言える状況になく、とどのつまり大昭学園の運営は、真剣な議論がなされないまま坂口の好きなようにやられている、という不信感がこの一年ずっと続いていたのである。

北村は応接室で東田にソファに座るよう促し、それから自分も腰を下ろした。

「わざわざ会社まできてもろうて、おおきに」

「なにおっしゃいますやら。仕事ですのでお気遣いなく」

女性秘書が二人の前にお茶を並べ、北村は東田に勧めてから向き直った。

「ところで先日の理事会のことですけどな、理事会で発言した内容は、必ず議事録に記載してあるんでしょうな」

「はい、それは……」

「公金などの言葉も、そのまま記録しといてや。杉田常務が削除を命じても、削除したらいけませんよ。もし削除の指示が出たときは、わたしに一言連絡してほしいんですけどな」

「お約束はできまへんけど、お話は承りました」

「約束できんというのは？」

「職員としての守秘義務もありますし、あとで問題になっても困りますので」

「それならそれでよろしいわ。では、きみは議事録の記録は削りませんと言えますか？」

「は？」

「それが言えんようなら学園職員とは言えませんで。理念と信念を持って仕事に当たるべきやと思いますやけど、どうですか」

なおも迫る北村に、東田は顔を起こして緊張気味に答えた。

「わたしは事務職員として、信念を持って業務に当たっており、理事会での審議内容はすべて記録することにしております。しかし議事録は、発言録ではありませんので、審議に不要な質問や発言については、明確化、簡素化の観点から削除しています。それは北村理事にもご理解いただきたいと思います」

「なるほど」

「もう一点、ご指摘の杉田常務からは、必要な発言を削除せよとの指示を受けたことはございません」

一気に喋ると、東田はそこで思い出したようにお茶に口をつけた。

その湯呑をテーブルに戻すのを待って、再び北村が顔を上げる。

「陽光学園との連携ですけど、大昭陽光学園は必ず潰れますよ。同校との連携はまったく意味がない。同校の成績上位者は京都の同志社や立命館に進学していて、淀工大や寝屋川大には入学してきません。どのみち、うちにメリットはないということですよ」

「それは理事会で決められたことですので、わたしども職員の立場からはなんとも」

「それと、先日、校友会西大阪支部の総会の際に、もう一人の横田常務とわたしが話をしたら、その内容を横田常務は直ちに理事長に伝えたそうです。そして北村の動きを探るよう、ある理事に指示したというんやけど、きみも学園に戻ったら、すぐに報告するのですか?」

少し皮肉っぽく北村が笑みを浮かべて聞くと、東田はうつむき気味に深く息を吐き出してから答えた。

「北村理事、わたしは北村理事を尊敬しておりますが、横田はわたしの直属の上司ですので、きょう北村理事を訪問したことも、すべて横田は把握しております。そこのところはご理解いただけますでしょうか」

「まあ、それはいいでしょう。報告するのであれば、どうせ横田常務はその場で坂口理事長にご注進するやろうから、これも報告して欲しいんですけど、坂口が理事長に就任して以降、たくさんの工事を発注していますね。あれ、きみも学園の職員の一人として、おかしいと思いませんか」

「……」

「わたしのところには、工事関係者から連絡があって坂口はコストオン方式とかいうて、設備工事を全部、大電工とトップスに請け負わせてるという話です。自分の出身企業に利益誘導して、それで私腹を肥やしとるんやないかと、わたしはそう見ている。いいですか、淀工大は坂口が作った学校ではない。わたしは学園の行く末を心配しているのです。こないなことを言うと、北村は坂口を追い落として自分が理事長になりたいんやとかいう噂をまき散らす人間も出てくるやろうけど、わたしは大学の理事長に興味はない。わたしは二〇〇〇人の従業員がいる会社を経営しているし、生活にも困っていませんからね」

「……」

「それともう一つ、杉田常務やけど」

「杉田もなにか?」

黙って聞くのに耐えきれなくなったのか、東田がようやく口を開いた。

「先日の懇談会の席で、杉田常務が淀工大高の中尾校長に、あなた、そんなことを言っていたら首にするよ、と発言したんです。杉田常務には付属高校の校長を首にする人事権があるのですか？　そんなもんないでしょう、これ、明らかなパワハラです」

「それは常務がどういう意図で言われたのかわかりませんので……」

「二日前の理事会もそうです。資金運用基本方針について審議した際に、損失を出したときは誰が責任を持つのかと質問したら、杉田常務は、不作為の罪やいうて責任の所在を明確にしなかった。杉田常務は、武蔵銀行を大損失させた大戦犯の一人ですよ。その人が、また大昭学園で同じことをしようとしている。どうします？　今回の陽光学園への貸付金かてそうです。返済計画などを示す資料が提示されていないし、杉田常務の説明もいい加減な内容でしたよ」

「貸付金については、説明資料が不足しているというご指摘を受け、事務局として申し訳ないと思っています。現在、担当部署と協議し、事業の全貌がわかるような資料を理事会にご提示できるよう努めるつもりです」

「あと、役員選考手続き規定の問題ですな」

「はい」

「あの改正案、概要を見ましたけど、内容がおかしいですよ。坂口理事長の独断ですべて決められるように改正しようとしている。これについては今後、意見を述べようと思うていますし、必ず意見を言わなければならないと考えています。理事会終了後の懇親会で、坂口理事長一派以外の役員がわたしのところにきて、北村さんよう発言してくれたと、何人もお礼を言ってました。このことも、ちゃんと報告しておいてください」

「わかりました。おっしゃった通りにきちんと報告します」

「宜しくな」

北村が頷くと、東田は深く一礼して帰っていった。


週が変わった四月一日、火曜日。

政光は出勤早々、坂口理事長から呼び出しを受けた。

理事長室に入っていくと、坂口は杉田と二人で、応接ソファに背中を丸め、声を潜めて話し合っているところだった。

まずいところに来たかな……。

一瞬、そう思ったが、坂口と目が合ったので引き返すわけにもいかず、声をあげた。

「お呼びでしょうか？」

「うん。まあこっちにきて座れや」

この頃になると、坂口はもう完全な独裁者気分で、口にする言葉遣いも工事現場のやり取りのようになっていた。

「なにか」

政光は直立したまま頭を下げる。

「お前な、近頃、頻繁に北村の会社に出入りしているそうやな」

「は？」

政光は、理事会の二日後に北村の会社に法人課長の東田がきたことを、北村から聞いて知っていたから、早速、その意趣返しかなと思ったが、素知らぬ顔で生返事した。

「先日も理事会のあとで、北村の自宅に行ったやろう」

「あ、それは北村理事に飲みに誘われたものですから」

「それ以外にも、頻繁に北村の会社に出入りしているようやないか。けどな、へんな動きはやめとけよ。北村はな、理事会では真っ当な発言をしとるけど、裏に回って、坂口はトップスや大電工からリベートを取ってる言うて、事実無根の与太話を言いふらしてるそうや」

「北村理事は、坂口理事長を追い落として自分が理事長におさまる魂胆のようですな」

坂口の言葉尻を取って、杉田がお追従気味に口を挟む。

「お言葉ですが、北村理事は理事長になろうなんて、これっぽちも思うてまへんで」

「なんでお前がそんなことを知ってるんや」

「以前から北村理事はそうおっしゃっていました。自分はマスコミの人間やから、教育の世界には向いてないし、興味もないと」

「わかるかい、そないなこと。北村の話を真に受けるなんて、おんどりゃどうかしてるで」

「……」

「先週のな、役員選考手続きの改正案かて、お前を理事に選任するための苦肉の策やいうことが、お前はわかってないやろ」

「わたしのためとおっしゃるんですか？」

「当たり前やないかい。おのれは評議員の間で不人気やから、いまのままでは再任されへん。そやから規定を変えて、役員選考委員会の推薦枠に入れてやろうと考えてんのや」

「そんな話、初めて聞きました」

「あほ、最初から恩着せがましくするのんは、わしの性分に合わんのじゃ」

「それはありがたいお話ですけど、ただ、あの改正案は民主的な選任方法ではないと、ほかの理事たちからも反対の声が上がっていましたで」

「お前な、そういう態度やからあかんのや。いまのお前の言動では、とてもやないがわしもよう推薦できひん。理事の再任は難しいで。来期も理事をやりたいのやったら、もうちょっとおとなしくしとけや」

「……」

「あとな、お前、職員上がりの理事やけど、職員との兼任は今期限りやからな」

「どういうことですか」

「理事と職員の兼任を認めない、いうことや。一般の企業では、社員が取締役に選任されるときは、社員を一度退職してから、改めて役員に登用されるのが常識やろ。職員が役員を兼任するのは学校だけや。こんなおかしな慣習はやめなあかん」

「それは違うでしょう。利益を追求する一般企業と、教育という公益性を最優先に考えないといけない学校法人とでは、同じ理屈にはならないと思いますが」

政光が反論すると、今度は杉田が口を挟んだ。

「経営の観点から考えればなにも違いはありません。役員は経営者サイド、社員は労働者。雇用する側と雇用される側は立場も役割も明確に違うのだから、それを兼任するという発想自体が間違っています」

「そんな……」

「わたしらは理事をやめたらなんの保障もないのに、職員理事は理事をやめても、職員に戻れる。これ、おかしいでしょう。職員理事は、理事に選任された時点で、職員をやめて理事に専念すべきです。また職員に戻れるという甘えがあるから、理事長の方針に反対するような不埒な理事が出てくる。経営者サイドが心を一つにしてまとまらない限り、これから少子化に向かう厳しい環境下で、学校経営は上手くいかないと思いますよ」

なにを言っても無理なのかもしれない。

これ見よがしに顎を引き、胸を張って皮肉っぽい笑みを浮かべる杉田を見ながら、政光は言いようのない無力感に襲われていた。

4

大昭学園の職員の地位を失う。

といっても、理事としては残るのだから一般的な失職とは違うのだが、過去三〇年以上も大昭学園に勤務してきた政光にしてみれば、職員の座を失うことは、まるで自分の拠り所をなくして根無し草になってしまうような寂しさを覚えた。

一方で、もう後がないという思いもふつふつと湧いてきた。

いい意味で、踏ん切りがついたという思いである。

この一年半の間、政光は坂口のやり方の汚さをいやというほど見てきた。坂口に学校経営を任せていたら大昭学園はめちゃめちゃになる。早くなんとかしなければと、何度思ったか数えきれない。なのに、どこかしら、いざとなったら坂口は自分に助けを求めてくるのではないかという一縷の望みを絶ち切れないでいた。

その一縷の望みを絶たれた以上、もうやるしかない。

できることなら自分が矢面に立つのは避けたいが、そうも言っていられない。

前日の三月三一日、政光は人事異動により、事務部長を解職となった。

その挨拶で淀工大学長の伊藤正祟のところに出向くと、伊藤は、役員選考手続き規定の改正案には自分も反対であること、杉田常務理事の言動に憤りを感じていることなどを、縷々、政光に訴えた。

このままでは淀工大はおかしくなる。淀工大がもっとも輝いていた時期を一番知っている政光さんが先頭に立って、坂口—杉田体制を変えてほしいと、そうまで言ったのだった。

坂口理事長に対する不満は、学内に充満している。

ふだん、滅多に人の批判をしない伊藤の口から出た言葉だけに、政光は自分だけが孤立しているのではないという思いを強くし、少し気持ちに余裕が出てきた。

誰もが藤田理事長時代に采配を揮い、東松前理事長の排撃に立ちあがった自分に期待をしているのかもしれない。といってもいまはもう先頭に立ちたいとは思わないし、その力もないが、ともかく動いてみよう。そう言い聞かせて下腹に力を込めたとき、携帯電話の呼び出し音が鳴った。

「あ、北村やけど。この前、話した調査資料が上がってきたんや。よかったら、会社のほうに来てくれますか」

北村は、陽光学園との連携の話が出て以降、坂口の学園経営にかなり懐疑的になっていて、自分のさまざまなルートを通じて、いくつかの疑問点を個人的に調査していた。その調査データが集まったというのである。

「これや、これ」

政光が関西日日新聞社六階の役員応接室に入っていくと、北村は待ちかねていたように応接テーブルの上に広げた調査報告書を指差した。

「失礼します」

「坂口のやつ、やっぱりトップスと大電工から給料を取っているよ」

北村に言われ、政光は軽く会釈をして調査報告書を手に取った。

調査報告書

ご依頼の標記の件について、次の通り調査報告いたします。

記

（一）被調査対象　坂口　政雄

昭和一二年一月八日生（七〇歳）

（二）調査結果　平成一九年度の企業ごとの収入は次の通りである。

（1）坂口　政雄

支払先	金額
株式会社トップス	一九八五六四二四円
学校法人大昭学園	四二一八五九二円
株式会社大電工	一五一八三五六円

（三）調査結果　平成一八年度の企業ごとの収入は次の通りである。

株式会社トップス	一八六二四八六〇円
学校法人大昭学園	三六一五八〇四円
株式会社大電工	一六一四〇八九円

綴りから目を離した政光は、吐息まじりに顔をあげた。

「これは……」

「うん」

「やはり坂口は、利害関係のある会社の役員は理事長に就任できないという理事会の取り決めを知っていて、トップスの役員を辞めなかったんやな」

「そうや。確信犯ですわ」

「のみならず、あろうことか出身企業から主収入を得ていたわけですな」

「坂口は、われわれが思うてる以上にワルや」

「談合屋には、もともと遵法精神なんてないのかもしれません」

「期待したわれわれが間違いだったな」

「しかし、これ、放っておけまへんで」

「次のページを見てもらえるか」

北村に促されて政光が報告書のページをめくると、そこには淀工大一〇号館の工事入札に関連した調査報告が並んでいた。

「会長」

政光は、北村の会社における肩書きで呼んだ。

「ひどいよこれ。坂口は、校舎新築工事で自分の会社を設備工事の下請けに入れて、倍以上も水増しした見積金額で発注させている。こんなこと、許されますか？」

「しかも、当初は鵜沼組をスポンサーとしたＪＶやったのが、途中で東松建設をスポンサーとするＪＶに変わってますね」

「東松建設は自民党の伍堂幹事長のスポンサー企業やからね、坂口が伍堂に頼まれて鵜沼組と差し替えたんやろう。それと、学園の規定では一件五億円を超える請負契約については理事会の承認が必要とされているし、競争入札が原則のはずやからね」

「例外的に学園にとって有利と認められる場合には、指名委員会の議決を経て、特命による随意契約とすることも可能ですが、その場合も理事会の事前承認が必要なのは言うまでもありません」

「事前承認なんて、なかったよ」

「はい。通り一遍の説明だけでした」

「本来なら契約額が適正かどうか、第三者である専門家に評価依頼するなどの手続きも必要なのに、それもやってない」

「会長」

「なに」

「これ見てください。一〇号館の工事発注に当たって、坂口はコストオン方式をとっていますが、これは坂口のほうで建築工事会社と設備工事会社を選んで、それぞれの工事費を取りまとめ、設備工事会社の工事費も全部、ゼネコンの工事費にオンして発注するシステムやと書いてあります」

「そう。そやからトップスや大電工は、契約上はゼネコンの下請けという形になり、名前が表に出ない仕組みになっている」

「悪質ですねえ」

「しかも、設備工事費は一三億円を計上していますけどな、一般的な設備工事代金は本体工事価格の二五～二七パーセントらしいわ」

「本体工事価格は二五億九〇〇万円ですから、その二五～二七パーセントいうたら……、六億二七二五万円から、高くても六億七七二三万円ですわ」

「ところが実際の見積金額は一三億円ですわ。え、一般的な工事価格よりも七億円も上乗せしているなんて、滅茶苦茶だよ。わたしの知り合いに空調屋がいて、それに空調設備をチェックしてもらった。そしたら、一〇号館に敷設した空調設備は、高く見積もっても三億円やというてましたよ」

「トップスの見積額は四億円ですね」

「空調だけで一億円。ほかに電気、給排水、昇降機など、全部トップスが幹事になって孫請け企業に割り振りしている。そのすべてで水増し請求して、自分にキックバックさせてるんや。これ、聞いたらみんな驚きますよ」

「ここまで悪質とは、わたしも想像していませんでした」

「それと、正直な話、わたしら非常勤理事は自分の仕事を持っているし、毎月一回の理事会も一時間ほど顔を出してすぐ帰るから、淀工大がどうなっているか、いちいち見ることもなかったけど、坂口が理事長になってから、一〇号館の工事以外に淀工大付属高の改修工事、本部棟と六号館の内部改修工事、七号館外壁等改修工事と、二カ月に一件ずつ工事に着工していますよ。こんなん、学内の常勤理事は誰も気付かなかったのですかな」

「いつも、どこかで工事をしているなとは思うてましたけど、建物自体が古いので」

「改修工事いうたら、全部、空調や給排水、電気なんかの設備工事ばかりです。それも理事会の議決を経なくてええ一件五億円以下の工事だけいうたら、これ、大昭学園を食い物にした大がかりな刑事事件ですよ」

「はい、まさしく背任横領です」

「わたしはな、このままやったら母校がめちゃめちゃになるさかい、本気で告発するつもりなんや。政光さん、もう坂口に期待しても無理やで」

「いや、会長が本気でやると言われるんやったら、わたしも覚悟決めますよ」

北村の決意を聞いて、政光は体の芯が熱くなってくるのを覚えた。

5

やると決めてから北村の行動は早かった。

翌二日の水曜日、北村は朝一番に大昭学園理事長秘書に電話を入れ、午後のアポイントを取ると、単身で理事長室に坂口を訪ねた。

「お、北村理事、きょうは何事ですかな」

坂口はにこやかな笑顔を浮かべ、握手を求めながら北村を迎えた。

「二、三、伝えたいことがありましてな、ご迷惑とは思ったが伺いしました」

「まあ、お座りください」

坂口は応接ソファを指さし、北村を案内してきた秘書室長に目配せした。

秘書室長が頭を下げて出ていき、入れ替わりに常務理事の杉田が顔を出した。

「わたしも同席させていただいてよろしいですか？」

長身の杉田は、腰を屈めて返事を待たずに坂口の隣に腰を下ろした。

それを待って、北村が硬い表情で口を開く。

「お手間は取らせません。一〇分ほどお時間をいただけますか」

「いやいや、一〇分でも二〇分でも結構ですが、なんのご用件ですかな」

「先日の理事会の提案ですけど、役員選考規定の改正案。あれ、わたしは反対です」

「北村理事は、理事会でもそう言っておられましたな」

「あの改正案が承認されると、理事会は理事長の一存でなんでも決まってしまうことになる。

理事の選任は、たとえ手続きが面倒でも民主的に進めてもらわないと困ります」

「いや、あの改正案はな、政光を次期理事に選任したいがための苦肉の策でおますのや。北村理事はご存じかどうかわからんけども、政光は理事の中でもまったく不人気で、現行の投票による選考では、とても理事に選任されそうにない。そやから選考規定を改正して、政光を役員選考委員会の推薦枠に入れ、無投票で次期理事に選任しようと思うてまんのや」

「政光が不人気かどうかは、選挙してみなければわからんでしょう」

「いや、それが投票前からわかってますのや。政光は藤田理事長時代に、秘書室長として評議員にいろいろ工作してきましたやろ。そのときの恨みつらみがあるらしいんや。そやから政光を理事にするには、現在の投票による選考規定を変えんとあかん。北村はんも改正に協力してくれまへんか」

「それは無理です。わたしは理事長の専横につながるような改正案には協力できません。それともう一つ」

「まだ、おますのんか？」

「理事長、トップスや大電工からリベート取っておられるでしょう」

「リベート？　それ、なんでっか」

「淀工大一〇号館の新築工事や淀工大高の改修工事に絡んで、あなたの出身企業に優先的に工事を回して、その見返りにリベートを取ってるやないですか」

「北村はん、それは誤解でっせ。確かにトップスと大電工が一〇号館の新築工事や工大高の改修工事を請け負うてはいる。けど、それは建物本体の工事を請け負った東松建設の下請けで入ってるだけで、わしがなにか指示したやなんて、これっぽっちもおまへんで。わしは大電工からもトップスからもリベートは一銭も受け取ってまへん」

「わたしのほうにはちゃんとした証拠がある。いざとなったら、全部、公開して告発するつもりです。そうなる前に、自分から辞めたらどうですか。理事長がその姿勢を改められるのであれば、告発は考え直してもいいですよ。わたしも、好き好んで自分の母校の恥を天下に晒すつもりはありませんからね」

「北村はん、誤解でっせ、誤解。わしはそんな男とはちゃうで」

坂口は、胸の前で両手を振って懇願するように頭を下げたが、北村は言うことを言ったら用はないと言わんばかりに席を立って理事長室を後にした。


北村を見送った坂口と杉田は、改めて顔を見合わせ、ソファに座り直した。

二人のやり取りを脇から見ていた杉田が、坂口を見上げて言う。

「どないしますか」

「なに?」

「ちゃんとした証拠があると言っていましたが」

「ただのブラフや。わしはトップスからも大電工からもリベートはとっとらん」

「陽光学園への融資はどうしましょうか」

「一二億円の追加資金援助やな」

「先方は月曜日までに振り込んで欲しいと言ってきていますが」

「構わん。振り込んだらええ」

「理事会では、次回までに資料を提示することとして継続審議になっていますが」

「あほ、お前な、なに眠たいこと言うてんねん。陽光学園側は月曜日までに振り込んでほしいと言うてきてるんやろ。次回まで継続審議にしてたら、月曜日に間に合わんやないかい」

「は……」

「それやったら、理事会の議事録を書き直すしかないやろ。一二億円の追加資金援助の件は全会一致で承認、と記載するよう法人課長に一言言えば済むことや。なに、理事会の議事録をいちいちチェックする理事はいてへんて。法人課長をどう説得するかは自分で考えろ」

「わかりました」

どいつもこいつも――。

なぜ、いちいち説明しないとわからないのか、と喉まで出かかった言葉を飲み込み、坂口は不機嫌そうにそっぽを向いた。

北村が坂口理事長の許へ乗り込んだという噂は、その日のうちに大昭学園のキャンパス内に広まった。

関西日日新聞社のほか、製薬会社やゴルフ場など、いくつもの会社を経営している北村は、ふだんからドイツ製の超高級車マイバッハを社用車として使っていた。マイバッハはダイムラーベンツが二〇〇二年に、メルセデスから独立した高級車ブランドとして復活させた超高級車で、全長六メートルに及ぶ圧倒的な存在感はもとより、車体剛性の高さ、安定性、振動や騒音の静かさを示すNVH性能などが、従来の高級車の水準をはるかに超える高性能と、まるで高級ホテルに滞在しているかのような内装のラグジュアリー感から、高級車の概念を一新したと評されるクルマである。

それは日本に導入されたときのさまざまなエピソードからも窺える。

たとえば高級車の代名詞であるメルセデスのSクラスでも、金さえ出せば誰でも買えるが、マイバッハは購入前に事前審査が必要とされた。売る側がお客を選ぶという販売戦略をとったのである。さらに販売店を訪問するときは事前に予約が必要で、応対は日本に三名しかいないパーソナル・リエゾン・マネージャー（PLM）と呼ばれる専任の販売員が担当した。

販売価格は二〇〇二年導入時で約四一〇〇万円。ただし、希望すれば内装のウッドデッキを大理石に変更することも可能なオーダーメイドが特長で、最高級のオーダーメイドプランを組み込んだ場合は一億円にもなるといわれた。一日五台が限度という精緻な製造工程を経て市場に送りだされ、販売台数は全世界で二五〇〇台余り。日本では累計で約一五〇台。二〇〇六年の年間販売台数はわずか一八台だった。

つまりは、誰もがおいそれとは持てないクルマ――。

それだけに駐車していれば当然、目立つ。

大昭学園管理棟の駐車場に、毎月一回、理事会の開催日にしか見ないマイバッハが駐車している。何事だろう。

北村理事がきているみたいだよ。

どうかしたの？

先日の理事会で、坂口理事長の方針に反対したらしい。

そんな噂が、燎原の火のように大昭学園の職員の間に瞬く間に広まっていった。

そして一週間後。

政光の許に一通の封書が届いた。封書の裏に発信人の名前はなかったが、開封してみると、次のような手紙が一枚のＡ４用紙に書かれていた。

「先日の理事会で継続審議になったはずの陽光学園への資金援助の件ですが、さる四月七日、一二億円の振り込みが実行されました。私学同士の資金援助については、本来、私学法第四九条に基づき所轄官庁に特別代理人の選任を申請し、代理人名で金銭消費貸借の契約を行う必要があります。坂口理事長は不正に陽光学園に一二億円を融資したことになります。なお先日の理事会の議事録は、すでに書き換えられており、陽光学園への融資は『全会一致で承認』となっていることも、付記しておきます。　以上」

一読して内部告発文書であることは明らかである。

いったい、誰が？

内容から推測すると、坂口に近いところにいる秘書室や、金銭の出納を扱う経理部の職員などが考えられたが、政光にはこれといって思い浮かぶ人物はいなかった。

しかし、いずれにしても学園内部に坂口の経営手法に不信感を抱き、反感を強めている人間がいることは間違いなかったし、政光や北村が坂口に対する排撃の動きを強めていることを知っている者も少なからずいると想像できた。

政光はすぐに北村に電話を入れ、夕方、会うことにした。

午後六時。

政光が指定されたステーキ屋に入っていくと、そこにはすでに北村のほかに、理事の庄司と、監事の田中が待っていた。

「先日の理事会以降に、庄司さんと田中さんからも何度か電話があって、お二人とも役員選考規定の変更は大反対やとおっしゃるので、きょう来ていただいて、この前の調査報告書を見ていただいたところですわ」

北村の言葉に大きく頷いた二人は、政光が座るのを待って顔をあげた。

「政光さん、これ、ちょっとひどすぎまっせ」

「調査報告書を読むと、まるで泥棒に金庫の鍵を預けたのと同じやな」

「その調査報告書にも驚きましたけど、これ見てください。坂口は、昨日すでに陽光学園側に一二億円を振り込んだという内部告発ですよ」

政光は、すでにワインで血色のよくなっている三人を見回しながら、鞄から一通の封書を取り出してテーブルの上に置いた。今朝、政光の許に届いていた封書である。

「それじゃあ、先日の理事会での話は……」

「継続審議にするという話は完全に無視したということか」

「当然、理事会の議事録も改竄しているようです」

「わたしは、その懸念があったから、法人課長の東田に理事会の議事録は決して改竄しないと誓えるかと念を押したんです」

北村が告発文をテーブルに戻し、歯ぎしりするように呻いた。

「坂口にはコンプライアンス意識のかけらもありまへんな」

「問題は今後、どうするかです」

「最終的には理事長解任も視野にいれて、その前に所轄官庁への相談と、あと坂口体制へ批判的な理事たちの糾合が必要でしょう」

「解任動議を通すためにも反坂口派を集めることが急務やと思います」

「わかった。それならわたしは文科省の私学担当者に会えるように手配してみる。田中さんは、わたしと一緒に文科省に行っていただけますか」

「わかりました」

「政光さんと庄司さんは、坂口に反感を抱いている人間がどれくらいいるか早急に調べてください。それでええですかな」

北村は、あっという間に坂口追及の体制を整えてしまったのだった。

6

四月一〇日、午前一一時。

大昭学園の私物化を目論む坂口の専横ぶりを早急に止めなければと危機感を募らせた北村は、監事の田中二郎を伴い、早朝の新幹線で上京して、文部科学省私学行政課長の松野聡に面会を求めた。役員選考規定の改正案などで独裁化を進める坂口理事長の専横を訴え、文科省の行政指導を仰ぎたいと訴えたのである。

北村と田中から話を聞いた松野は、眠そうな顔を向け、小さな声で説明した。

「学校法人の役員の選任手続きについては、各学校法人の考えで行うもので、文部科学省がどうこう指導できるものではありません。しかしご存じのように、学校法人は国から補助金の交付を受けて教育研究事業を行う公益法人ですので、その運営は民主的に公平性をもって行わなければならない。一人の独断で運営できる事業体ではないということは当然のことで、これが大前提です」

「おっしゃることはわかりますが、ただ、まあ理事の皆さんがなかなか意見を言えない雰囲気がありまして……」

「いずれにしても、学校法人の管理運営の中枢である理事会がしっかりとした見識を持って任に当たらなければならないのは当然のことでして、理事会で各理事から意見が出ないということが、わたしには信じられません。もっと議論を尽くして学園を健全な方向へ導かなければ、なんのための理事会かということになりますよ」

「……」

「いままでお話を聞いた限りでは、理事は責任を果たしていないように思います。とくに企業でいうところの社外役員、つまり学外理事ですが、これが執行役員である学内理事を監督し、学園運営の正常化のために建設的な意見を述べていないように思われる。これがちゃんと機能するように持っていかないと、学園発展はなかなか望めないのではないかと思いますが、どうですか」

「わかりました」

「もう一つ、田中さんは監事ということですが、監事ももっと積極的に理事会に対して意見の開陳を行うべきだと思いますね」

要するに——。

大昭学園は、各理事たちが不甲斐ないから、理事長の専横が許されているのだろうと、松野はごく当たり前な感想を述べただけで、文科省がなんらかの行政指導を行うことは一切ないと宣告したのだった。

「役人は、所詮、こんなもんや」

帰りの新幹線の中で、北村は田中に言った。

「いかにも、お上の言いそうなことですわな」

「けど、これではっきりしました。大昭学園は、自分たちでなんとかしないと、お上はまったく当てにならないということですね」

北村は、最後の言葉を田中にではなく自分自身に言い聞かせるように強く頷いた。

四月一一日、午後五時。

北村は、政光と大泉純一の二人の理事を関西日日新聞の本社に呼んで松野私学行政課長との面談の内容を報告した。

大泉は淀工大ＯＢで、流通業界でナンバーワンの納入実績と物流ノウハウを持つ株式会社ダイコクの会長だった。大昭学園理事に選任されたのは二〇〇六年七月である。

ダイコクは一九三七年の創業以来、物流一筋に六〇年、自動車生産ラインの組立工程を支えるチェーンコンベアシステムを初めてトヨタに納入した企業として知られ、現在はそのシェア七割以上を占めるほか、洗車機や立体式の自動倉庫、電子機器用部品製造などを手掛ける世界的メーカーとしても知られていた。資本金は三一八億円、売上高が連結で三三六一億円、従業員数八六八九人の堂々たる一部上場企業で、大泉はその社長、会長を歴任しており、坂口の解任動議が成功した場合は、新理事長にと北村が考えている人物だった。

「結局、自分たちのことは自分たちで落とし前をつけろと、そういうことですな」

「そうです。お上を当てにはできないということです。大泉さん、これからはお互いに学園の理事として責任ある言動をとらなければ、坂口をますます増長させてしまいますよ」

「会長のおっしゃる通りです。まあ大昭学園は教育機関ですので、ことを荒立てるのは本意ではありませんが、いまのままなら放っておくわけにはいかないでしょうな。わたしも微力ながらご協力させてもらいます」

大泉は、いかにも一部上場企業の会長らしい穏やかな物腰で北村の言葉に応えた。

四月一八日、午後四時。

北村と政光は、田中と士師の両監事と面談。文科省の松野行政課長との面談を踏まえ、監事としての適性な監査を履行することを確認した。とくに二〇〇七年度監査の留意点について意見の交換を行った。

四月二〇日、日曜日。

久しぶりのゴルフに出かけた杉田良一は、高槻市の高台にある瀟洒な一戸建ての自宅に愛車レクサス六〇〇で戻ってくると、玄関の郵便受けから手紙の束を取り出して居間に入った。

ソファに座り、手紙の束をチェックする。

手紙の束は、サプリメントのダイレクトメールと通販会社の封書、それにカード会社からの通知書だったが、ほかに一通だけ宛名を手書きした封筒が混じっていた。

なんだろう?――。

このところ、宛名を手書きした封筒が届くことは滅多にない。

杉田が封筒の裏を返すと「大昭学園をよくする会」という差出人の名前が、これも手書きで書かれていた。

大昭学園の皆様
大昭学園職員及び学校先生方に、学園の未来と存続にかかわることをお知らせします。
よく事実を確かめお考えください。
坂口理事長就任以来、建築工事の発注に公正さを欠く不明朗な点が多々あります。
以下の通りです。

①ほとんどの工事（金額の少ない工事を除く）は入札なしで、特命工事にしています。自分の前に勤めていた会社に発注しています。（株）大電工と大電工の一〇〇パーセント子会社トップスです。坂口理事長は、トップスの非常勤役員です。学園理事長が自分の会社に工事させているのです。

②チェックできる設計事務所も理事長坂口の親しい会社にしか発注されていません。それは（株）葉山設計事務所です。本来であれば複数の設計事務所を入れて競わせ、よりよいアイデアを出させ厳正なチェックをされるべきです。

③このような決定事項は理事会の決裁を受けないといけませんが、坂口理事長の独断で実行されています。理事会の軽視、独裁は学園運営の公正さを失うものです。

④形の上では大手ゼネコンの下に、大電工とトップスが下請けになっていますが、実はトップスが工事の仕切り役をしています。坂口理事長は大電工時代、談合の仕切り役として暗躍し、大金を手に入れました。いまも仕切り役をしています。これで大電工とトップスから、学園理事でありながら、学園給与の四〜五倍に当たる多額な給与をいまも貰っています。年間二〇〇〇万円以上です。これは賄賂といえます。

⑤学園の工事をした会社から工事代金の一割を寄付金として受けています。寄付金は形だけで、最初から発注額の一割引いた額で発注すればよいのであり、工事代金の水増しであり、実際単価と異なる発注は文部科学省で禁止されています。

⑥このような坂口理事長の行いは学園に対する背信行為、不法行為以外の何物でもないと考えます。坂口理事長は私利私欲のために学園を私物化して多額の工事発注を行い、学園の資金を使い果たしたうえ、借金だけを残し、自分は大金を掴み、辞めれば残された学園は少子化の中で倒産するでしょう。これは皆様方全員の将来に関わることです。いまのうちに坂口理事長の悪行をやめさせなければなりません。皆さまが十分に注意してください。

今後も調査を続けて事実をお知らせいたします。

平成二〇年四月

大昭学園をよくする会

ワープロで打たれたA4判の手紙を読み終え、杉田は思い切り息を吸い込んだ。手紙の内容があまりにも厳しく、つい呼吸するのを忘れて読みふけっていたのである。

誰がこんなものを、という思いと同時に、それにしてもよく調べ上げたなという思いが交錯した。杉田自身、坂口の工事発注の多さについては、普通ではない印象を抱いていた。ただ、学園運営に携わるのが初めてとあって、裏になにかあるのだろうと感じてはいても、あえて口を出すことではないと沈黙を通してきた。

一方で、杉田が関わった陽光学園への融資については、理事会の議論を無視した坂口の強引なやり方に、正直言って腰の引ける思いがしたのも事実だった。

さて、どうしたものか——。

杉田が目を閉じて対応策を考えていると、テーブルの上の電話が鳴った。

「あ、理事長」

電話の主は坂口だった。

「うん。いまちょっと、ええか」

「なんでしょう」

「そっちには、なにか送られてきてへんか?」

「あ、怪文書のようなものが。いま、わたしも家に帰ってきて読み終えたばかりでした」

「やはり、きてたか」

「理事長のところにも?」

「何人かの職員や理事から連絡があってな、相手はかなり広範囲にばら撒いてるようや」

「誰がこんなことを?」

「犯人は北村に決まっとるわい。法人課長の東田が北村に面会したときの会談記録とまったく同じことが書いてある」

「どうされますか?」

「取りあえず、犯人の特定やな。どうするかはそれがわかってからや。明日、出勤したら、犯人の特定をどうするか、考えといてくれるか」

「わかりました」

受話器を置いた坂口は、改めてワープロ文字の文面に目を落として、北村の顎の張ったがっしりとした顔を思い浮かべた。


四月二一日、月曜日。

政光が朝八時の定刻に出勤すると、まるでどこかで見張っていたかのように、杉田が内線電話をかけてきた。

「おはようございます。お呼びでしょうか」

政光はわざとらしく声を張り上げ、常務理事室のドアを開けた。

長身の杉田が猫背気味に背中を丸め、神経質そうな顔だけ向けて、政光を招き入れる。

「事務部長、あんた、これ、見たか？」

「あ、はい。これ、わたしとこにも昨日届いてますわ」

「昨日、全教職員の自宅宛に配布された怪文書や。投書の犯人は特定できてる。いままでの言動からも、犯人は北村や。北村に間違いない」

杉田は、北村と東田法人課長の会談を記録したコピーを見せながら言った。

「なんでまた、そう決めつけはるんですか？」

「北村はな、先日、法人課長の東田と面会したとき、これと同じことをいうてたんや」

「それが記録として残っているんですか」

政光は、わざとらしく東田の会談記録を手に取って驚いてみせた。

「ついては、監査室長として犯人を確定させてもらいたい。北村の自筆の文書を入手し、封書の筆跡と比べてみたらええ」

「ちょっと待ってください。常務、これ、投書と言っても告発でっせ。昨今は常務もご存じの通り、コンプライアンス社会で、法律でもって告発人は保護されています。軽々しく調査して作成者を特定することは好ましくないのと違いますか」

「なんやと」

「それよりも投書は、理事長と特定企業との癒着を糾弾しており、そうであれば、この事実確認を優先して理事長が自ら記載内容について釈明するほうが先決やと思いますが」

「あんたの指示は聞かん。あんたはわしの指示通りにやればええんや」

居丈高にいう杉田に政光も堪忍袋の緒が切れ、思い切り凄みを聞かせて睨み上げた。

「おう。杉田。おのれ、たった一年やそこら常務理事をやったくらいで随分偉そうな口を利くやないか。おのれの理事就任を後押ししたのは誰だか知っているんか。わしが根回ししてやったんやぞ。それをちょっと常務理事の肩書きがついたいうだけで、あんまり舐めた口利くんやないで」

突然、豹変した政光に、杉田は唇をわなわなと震わせて、茫然自失した表情で目を泳がせ、なにも言い返さなかった。


四月二二日、火曜日。

二日前の日曜日に続いて、この日、二通目の投書が大昭学園の全教職員宅に配布された。内容は次のようになっていた。


大昭学園の皆様、先生方に第二弾をお送りします。

前回お知らせしました坂口理事長の学園に対する悪業の数々に続き、またも学園の存続を脅かす事実がわかりました。以下の通りです。
①学園は、昨年一〇月に陽光学園を買い取りました。この決定も発言をしない理事たちのなかで強引に決定されたものです。無言は賛成と解されました。陽光学園の資産は三〇億円もありません。すぐ五億円の貸付をし、今回一二億円の貸付を実行しようとしています。
②その使い道は校舎の建築資金だそうです。この先、毎年四億円くらいの貸付をするそう

です。返済は一五年据置。金利は年一パーセントだそうですが一五年先に少子化を迎え、学校が存続しているのでしょうか。毎年貸付をしないといけない学校に一パーセントの金利を支払ってもらえるのでしょうか。

③困った学校に手を差し伸べるのはよいことでしょう。しかし、そのため学園の経営を圧迫したのでは元も子もありません。また、枚方は京都の学校、同志社、立命館、龍谷大学等、よい大学のエリアです。大昭学園がそのエリアで生き残ることができるのでしょうか。

④学校の評価は校舎のよしあしだけのものではありません。高い教育理念と水準にあります。資金に困ればよい教育はできなくなります。学園を育成していくために、その資金の使い道も遠い将来を見越したものにしなければいけません。

⑤坂口理事長は、自分がトップス、大電工から給料を取るために、なにがなんでも工事の発注をしようとしています。学園の健全な運営など考えていません。学園の資金は坂口理事長個人のものではありません。理事長は私利私欲のために学園資金を使い果たし、一五年先には辞めているでしょう。その責任は誰がとるのでしょう。しかし、学園は存続せねばなりません。必要の工事であるならば、工事規模と代金の透明性を高める必要があります。

坂口理事長の独断での学園私物化の不正行為を弾劾しましょう。そして必ずやめさせましょう。坂口理事長を即刻やめさせよう。
今後も調査を続け、事実をお知らせします。
平成二〇年四月
大昭学園をよくする会

投書は淀工大、寝屋川大、東広島大、淀工大高校、同中学、大昭陽光学園高校、同中学の三大学、二高校・中学の全教職員、理事、評議員などの関係者数百人に届けられた。突然届いた封書に驚いた教師や職員も少なくなかったが、評議員や大学の幹部たちは、当然のことが書かれていると、比較的冷静に受け止めた。

一方で、それまで坂口の学園運営に不満を持ちながらも表立って発言をしなかった教職員の間から、北村と一緒に理事会などで坂口の学園運営に批判を強める政光に対してエールを送る者も出始めた。政光は坂口体制になって以降、それまでの法人室長から淀工大事務部長へと明らかな左遷人事を受け、いわば坂口体制下の生贄みたいな印象で、職員たちに同情的に受け止められていたのである。

寝屋川大の就職課長で評議員の野村徹は、わざわざ電話で連絡してきた。

「部長、学園幹部は坂口理事長と杉田常務、横田常務の三人に強い憤りを抱いてまっせ。投書の内容は、わたしらみんな知ってました。それとですな、トップスの山川社長ですけど、あいつ学園職員に対して命令口調で接してまっせ。先日も就職課へ電話してきて、『トップスへ学生寄越さんかい』と、坂口理事長そっくりの口調で、わたしに向かって、もう言いたい放題なんですわ」

「トップスの山川がそんな態度でいうてきたんか」

「それだけやおまへん。坂口理事長らは、業務上の指示変更、責任転嫁、思いつきによる命令の朝令暮改は日常茶飯事、職員は毎日、三人に振り回されているんです。なによりわたしらがやりにくいのは、決定に対する説明が一向にないことですわ。陽光学園との合併は今日にいたるまで、なんの意義も聞かされてまへんし、それでいて莫大な資金が陽光に流れている。北村理事と政光理事の行動に対しては、学園幹部は陰ながらエールを送ってますよって、ぜひ頑張ってください」

野村以外にも、何人かの中堅職員から電話や励ましの言葉をもらい、政光はなにやら、開戦前夜を迎えた戦士のように、無意識のうちに身震いするのを感じていた。

第四章　理事長解任動議

1

二〇〇八年、財団法人日本漢字能力検定協会が、この年の世相を表す漢字として年末に発表する「今年の漢字」で選んだ一文字は、「変」であった。

アメリカで初めて黒人系のオバマ大統領が誕生し、大阪でも三八歳の若手弁護士、橋下徹が府知事に就任した。経済ではアメリカのサブプライムローン問題で巨額の損失を被った米大手証券会社のリーマン・ブラザーズが破綻、いわゆるリーマン・ショックで世界的金融恐慌が起き、国内では毒入り餃子や事故米、有害物質入り食品問題などが発覚して、食に対する安全性への意識の変化やガソリンの価格変動、物価の上昇などにより、生活が苦しい方向に変わったことなどが、その背景として指摘された。

そんな地殻変動を予感させる出来事が相次ぐなか、ゴールデンウィーク最終日の五月六日、初老の男たちが関西日日新聞社の応接室に集まった。

集まった男たちは、いずれも大昭学園関係者で、北村守、政光潤治、大泉純一、大場新太郎、庄司正臣、正司斉の各理事と、評議員の島本忠、大西勝成の合計八名。目的は、坂口理事長宛に提出する質問状を準備するためだった。

「皆さん、ゴールデンウィークでお休み中のところ、わざわざ集まっていただいて申し訳ありません。早速ですけど、今週末に理事会が予定されていますので、その際に坂口理事長に質問状を突き付けようと考えてまして、その内容をどうするか、ぜひ皆さんのお知恵を拝借したいと思って集まっていただきました」

質問状は、これまでの理事会でいくら質問してもきちんとした返答がもらえないこと、理事会の時間切れを理由に継続審議にされ、結局はうやむやにされてしまうことなど、坂口の理事会運営に対する最後通牒を突き付ける意味合いもあった。

「まず、理事長は大電工、トップスから収入を得ているか、という質問が最初でしょう」

いきなり政光が言うと、大場も同調して続けた。

「二番目に、収入を得ているのであれば、その理由を聞きたい、ですね」

「質問三として、通常、学園トップの理事長という立場であれば、自らの公平性を保つために、関係企業との取引は控えるはずである、と。収入を得ているのであれば、なおさら慎まなければならない。ところが、あなたは逆に、大電工、トップスを積極的に使っている。その理由はなぜか、でどうでしょうか？」

「いいですなあ」

理事たちは、これまで理事会でうやむやにされてきた内容を、逐一、質問形式にして言い始めた。それを政光がメモに取っていく。

「四番目、少し具体的に言いましょう。淀工大一〇号館の新築工事、同七号館一階のピロティ改装工事、同六号館の一五、一六階改装工事、学園創立六〇周年記念館改装工事および寝屋川大薬学部六号館新築工事、これら工事に関する請負業者の仕様形態書を提示願いたい」

「五番目、前記の建設工事に関する請負契約の理事会承認がない。なぜか、その理由をご説明願いたい」

「そこはもっと突っ込んだほうがええと思いますので、六番目にこんな文言はどうでしょう。前記の建設工事のうち、一部は東松建設、前村組、大木建設といった、学園との取引実績のない企業が請け負っている。学園との取引実績がまったくない企業に対して、特命で工事を発注した経緯について説明願いたい」

「葉山の話も入れましょう。七番目、これら建設に係る設計は、そのすべてを葉山設計事務所が請け負ったと聞くが、どういう経緯で葉山設計事務所に決めたのか。発注金額が低ければ、独断でなにをしてもよいということか、というのはどうです？」

「いいですな。それ」

「八番目、高校の校舎建設は、まだ理事会の承認を得ていないと思われるが、すでに設計業者、請負業者は決まっているのか」

「えーと、九番目。理事長は過去に、高校東館は老朽化が進んでおり、一刻も早く建替えなければならないと主張しておられたが、ではなぜ昨年、東館の通用門を高く改造されたのか。門の倒壊の恐れがあるといいながら、東館を改造するのは生徒たちに危険がおよぶとは考えなかったのか」

「あと、大事なことは……そうや。これ、これ。一〇番目、請負契約規定で、発注金額が五億円以上の工事案件については、理事会の承認事項となっている。確かに建設の行為については理事会の承認を得ているが、その後の設計業者、および請負業者の決定経緯、設計の内容、発注金額などの理事会における決裁がまったくない。どういう理由で理事会の決裁手続きがないがしろにされているのか」

「ま、だいたい、こういったところですかな」

政光がいま控えたばかりのメモを確認しながら、メンバーに同意を求めた。

すると、評議員の島本が顔をあげた。

「ちょっと、よろしいか。いまのはほぼ工事関係の質問が中心でしょう。せっかく理事長に質問状を出すんやったら、ええ機会ですよって、杉田常務理事のパワハラ問題も加えていただけませんか」

「それはいい。それでしたら、いま書き並べたことをカッコ一で一括りにし、次をカッコ二にして、別途、質問状をつくろうやないですか」

言いながら、北村が奥の事務室の冷蔵庫の中にあった清涼飲料水のペットボトルを紙袋に入れて持ってきた。

「あ、会長。おっしゃっていただければ、わたし運びましたのに」

「いや、いや。きょうは休日で社員も秘書も休んでいまして。すみません。こんなもので一息ついてくれませんか」

北村に促されて七人はペットボトルに口を付け、一息入れてから、再び質問状の作成に取り掛かった。

今度はもう一人の評議員、大西勝成が口火を切る。

「では質問状二は、募金関係についての質問を並べましょう。最近、なにかにつけて大昭学園は募金を求めてくるとして、OBや卒業生を受け入れている会社の関係者から苦情が舞い込んでいることを、みなさんはご存じですか？」

「寄付の強要は、工事を請け負ったゼネコンだけやなかったんですか？」

「ゼネコンもそうでしょうけど、OBや関係企業への強要が凄いんですわ」

「それやったら、大西さんが質問状の文章を考えていただけますか」

「では、よろしいですか。一、理事長、あなたは工事発注に絡んで請負業者に寄付や募金を強要しておられるのか。二、企業は絶対に損はしない。結局はコストオンになる。そうした場合、建物の評価価格に齟齬が生じ、適正な財産登録ができないことになり、ひいては経理上の不正ともなるが、このことをどうお考えか、理事長の見解を伺いたい」

「いいですな。ではわたしも、三、大電工は二〇〇七年度に七〇〇〇万円の寄付をしている。一昨年と合わせて延べ一億円もの寄付金が入っているが、昨今の企業が持つ価値観から比べて理解に苦しむ金額である。これほどの多額の寄付金が入った経緯について伺いたい」

「創立九〇周年の話も追加してくれますか。えーと、四、大昭学園は九〇周年記念事業にかこつけて取引業者、また卒業生就職先企業に対して過大な募金を要求しているようだが、募金実績を上げようとして目先の利益を追求するあまり、関係企業、卒業生、教職員、父母などに多大な迷惑をかけているのではないか。また昨年の淀工大高ラグビー部壮行会では祝儀を、先ごろの陽光学園高ラグビー部祝勝会でも募金を要求している。なにかにつけ『金』。業界では最近、『淀工大は金食い虫か』という噂も流布されている。募金は強要するものではない。行き過ぎたお願いをするとパートナーシップにひびが入る。とくに就職先企業に過大な要求をすると、今後の在学生の採用に、また就職している卒業生に悪影響をおよぼす恐れがある。この現状において、学園の品位が失墜するような危惧を抱かざるを得ない。理事長は、寄付および募金についてどのような見解をお持ちなのか伺いたい」

「いいや、これほんまに、深刻な問題やねん。わしとこにもこの半年ほどで三回も寄付の要請が届いとるさかいな」

「うちとこもそうでっせ。役員会で議題にされるたびに、なんや肩身の狭い思いがして、かなわんのですわ」

「では、最後に坂口と杉田の言動について。これはカッコ三でいきますよ」

「それはわたしが言わせてもらいます。一、先般、東田法人課長がわたしのところへ議事録押印の要請に来た。その折、幾つかの指摘をしたが、その内容が速記録として役員の間に配られているようだ。わたしは見ていないが、その記録を見た人から、克明な内容だったと聞いている。理事長は、当日彼にわたしとの面会を録音テープに隠し録りするように命じたのか。これ、そのまま書いてください」

「わかりました」

「二、理事長はわたしと政光理事との行動が気になるようで、政光理事の言動を逐一報告するよう部下、もしくは関係の者に指示されておられるが、それはなぜか」

「会長、わたしという表記でええですか？　北村としたほうがよくはないですか」

「わたしでええ。どうせ、わたしが直接渡すんやからな」

「承知しました」

「続けますよ。三、杉田常務理事は、昨年行われた六〇周年記念会館での会食時、わたしの目の前で中尾校長に対して『そんなことを言っていると、校長を首にするぞ』と言われたが、その事実を覚えておられるか」

「では、それに関連してわたしのほうからもよろしいでしょうか」

政光はメモをとる手を休めて北村を見上げた。

「ええよ。なんでもいうて」

「四、杉田常務理事は、政光理事に対して『なぜ、北村を理事にしたのか』とか『北村の言動を逐次、報告することが身のためだ』とか言い、また理事長自身もそのことを肯定される発言をされていた。なぜ、こういった言動が杉田常務理事から出るのか、というのはどうでしょうか」

「ええな。そのまま書いて」

「はい」

「次、五番目。理事長はパワーハラスメントについて理解されているのか。前記の杉田常務理事の発言はまさしくパワーハラスメントであるが、このことに関して、理事長はどのようにお考えか」

「会長、マージャンの話も書いたほうがええんと違いますか？」

「そうですな。六、理事長と杉田常務理事は、トップスの山川社長、大電工関係者と頻繁にマージャンに興じていると、もっぱらの噂だが、これは事実か」

「いいですね」

「七、最近、学園創立六〇周年記念館は『本部棟』、また隣の六〇周年記念講堂は『ＹＩＴ

ホール』と名称が変更になったことを知った。これらの建物は、学園創立六〇周年の記念事業として建設されたもので、学園の歴史の一ページを飾る重要な建造物だ。また、校友、教職員のモニュメントであるとともに、学園にとっても学園史を顕彰するシンボル的な建物のはずだ。一校舎の名称を変更するのとはわけが違う。この記念の建造物建設の意義および経緯から、理事長の独断で名称を変更することは許されない。かりに多くの学園関係者から名称変更の要望があったとしても、名称変更は理事会の承認を必要とするものである。なぜ理事会に上程されなかったのか、その理由を説明されたい。以上でどうでしょう」

北村は一気に言ってから、改めて七人を見回した。

「いや、いいと思いますよ」

「この建物の名称変更も、教職員の間では不満たらたらでしたわ」

「もっと厳しい表現でもいいくらいやと思います」

めいめいが感想を述べたが、もとより異論のあろうはずがなかった。

「もう一つ。皆さんはこの質問状を出すと、坂口は真面目に答えてくれると思いますか」

話がまとまりかけていたところに、突然、政光が水を差すようなことを言い出した。

「そら、きちんと答えてもらわないとあかんよ」

「それはおっしゃる通りですけど、回答するのは坂口ですよ。あいつがそんなまともなタマかなと、わたしは疑問なんです」

「ほな、どうしろと？」

「どうせ坂口はまともに答えんでしょう。であるならば、質問項目に関する監査を、学園の監事に提出しておくというのはどうでしょうか」

「それはいい。会長、これ、グッドアイデアですよ。坂口が答えようが答えまいが、監事に監査させましょう。仮に、坂口が答えてきても、監査報告書と突き合わせると、自ずと坂口の嘘を炙り出せることになります」

大泉は一部上場企業の経営者らしく、政光の狙いを冷静な口調で解説した。

「よし。あとは九日の理事会で提出して、さて坂口がどう出るかですな」

「今度は、継続審議やなんて言い逃れできまへんからな」

「ともかく坂口を追いつめるまで、みなさん一致結束して、宜しくお願いします」

北村の一言で、ようやくこの日の会合は散会したのだった。

2

五月九日、金曜日。

二〇〇八年度第一回理事会が、大昭学園管理棟六階の特別会議室で開催された。ふだんの理事会の開会前は、一ヵ月ぶりに顔を合わせる理事たちの交歓風景が繰り広げられ、和気藹々とした空気が漂うのが常だったが、この日は、北村が質問状を出すらしいという情報がどこからか伝わったようで、出席者の表情は硬かった。

午後四時、定刻通り、杉田常務理事の開会宣言で理事会がスタートした。

最初に坂口が理事長挨拶をする。挨拶が終わると、間髪を入れず、北村が挙手して立ち上がった。とたんに会議室内が緊迫した空気に変わる。

「北村理事、どうぞ」

議長役の坂口が、かすれた声で北村を指名する。

「本日は、議題に先駆けてわたしのほうから、理事長あてに質問状を提出したい。皆さんご存じのように、先般、二度にわたって流布された投書には、理事長が取引業者から報酬を得ていることへの疑念、校舎新築工事の業者選定、職務執行への疑義などが縷々、記されていたように思うのですが、現時点でその内容に対する釈明が一切なされていない。この状態を看過すれば、教育現場を預かる教職員に不安が広がり、経営陣と教職員の間の信頼関係にひびがはいりかねないと危惧しております。ついては、現在まで巷間で囁かれている坂口理事長への疑問を質問状の形でまとめましたので、一週間以内に回答をいただきたい。ご多忙の折、恐縮ですが、ことは学園の信用が問われておる喫緊の課題ですので、早急に対処していただきたい。よろしいですか」

理事長席の坂口を見据えたまま、北村は質問状の中身を一つずつ読み上げ、読み終えると席を立って理事長席にゆっくり歩み寄り、質問状を手渡した。

北村から坂口に対する宣戦布告――。

ある程度予期していたとはいえ、思っていた以上に緊迫した成り行きに、会議室に居並ぶ理事たちは、硬い表情を浮かべたまま、そう受け止めた。

「確かにお預かりしました。質問状が提出されたこと自体、わたしの不徳の致すところと反省しておりますが、早急に誠意をもってお答えしたい、ということでよろしいでしょうか」

緊張した口調で坂口が質問状を受け取ると、二、三の理事からパラパラと拍手が起こった。

再び、会議室内を静寂が支配する。

そのしじまを破って、理事の庄司正臣が手を挙げた。

「庄司理事、どうぞ」

堅苦しい雰囲気が漂っていただけに、坂口はホッとした様子で庄司を指名した。

「いま、北村理事のお話にあった先般の投書の件ですけど」

「はい」

「投書は学園の転覆を狙う卑劣なテロ行為やと思うんです。匿名で個人攻撃するなど、もってのほかや。また、二通目の投書では、理事会がいかにも機能していないかのように書かれ、発言をしない理事たちのなかで陽光学園との合併が決まった、みたいに理事に対する誹謗中傷を並べています。これ、このまま放置したら、理事会はなんやねんという、それこそ理事会の存在意義が問われると思います。よって、悪質な文書を書いた投書人に強く抗議する、といった内容の決議文を理事会で採択したい。これを緊急動議として提案したいと思いますが、どないですか？」

庄司は淀工大卒業後、旧国鉄に入社。そこで労働運動に身を投じ、国労支部の幹部を経て日本社会党公認で摂津市の市議会議員に選ばれた経歴の持ち主だけに、演説馴れした声には迫力があり、理事の数人から拍手が起こった。

しかし政光は、おやっと思った。三日前の五月六日に坂口への質問状を作成したとき、庄司はその場に同席しながら、ただの一度もそんな話をしていなかったのである。

いったい、なぜ――。

と、頭をめぐらしたそのとき監事の田中が手をあげた。

「ちょっと待ってください」

議長席の坂口は怪訝そうな表情を浮かべ、田中を指名した。

「田中監事、どうぞ」

「庄司理事のご意見はもっともなように聞こえますが、投書は本学園の運営に対する告発なんです。コンプライアンス社会において、匿名か記名かの区別は意味をなしません。そうである以上、まず記載内容の事実確認を行うことが大切であり、決議文を出すのは、そのあとだと思いますが、どうでしょうか」

今度は先ほどの拍手よりもっと強い拍手が沸き起こり、政光も一緒になって拍手した。

田中は、スポーツハンシン新聞社の副社長まで務めた男で、その見識の高さ、正義感の強さ、メディアの仕事を通じて培った人脈の広さなどを勘案して、政光が藤田理事長時代に三顧の礼を尽くして監事に迎え入れた経緯があった。

加えて、先日の文科省私学行政課長との面談の際に、監事はもっと積極的に理事会に対して意見を述べよ、といわれたことに内心忸怩たる思いもあって、やむにやまれぬ思いで発言を求めたのだった。

ところが、庄司は自分の意見に反論されて面子を潰されたとでも思ったのか、より声を張り上げ、再び発言を求めた。

「わたしは事実確認をしなくていいと申し上げておるのではない。事実確認は必要です。必要ではあるが、先ほど北村理事もおっしゃったように、理事会がなんの行動も起こさず現状を放置しておいたら、教職員の間にいたずらに不安が広がり、理事会はなにをしておるのやという声が起きるのは必定です。第一、投書内容の事実確認には時間がかかるでしょう。だったらその前に理事会として決議文を発表するというのが先決やと思いますよ」

時間がかかる？　いまこの場で説明してもらえばいいやないか……と誰かが小声でいい、会議室内が少しざわついた。

すると、なにを思ったのか、杉田が場違いなくらい大きな拍手をして周囲の失笑を買い、それを坂口が引き取るかたちで、円卓の理事たちを見回しながら言った。

「庄司理事のご発言は、理事会の存在意義を示すうえでも大事やと思いますので、わたしも理事会の決議として採択することに賛成です。あわせて、わたし自身の所信表明も発表するということで、決議文についてのご提案はご承認していただけますでしょうか」

「異議なし」

「ご異議ございません」

「では、決議文は採択されました。内容は後日、法人室長の工藤等に作成させ、理事の皆さまには改めてご承認にお伺いするということでよろしいかな」

「異議なし」

「事実確認についてはどうされますか」

田中が言うと、すかさず坂口の右隣に座るもう一人の常務理事の横田が口を挟んだ。

「それは坂口理事長への質問状の回答を待って、次回理事会で検討するということでどうでしょう」

「異議なし」

杉田が自ら拍手をしながら声をあげ、それを契機に「時間もきたから」という坂口に促されて理事会の閉会を宣言、この日の追及も消化不良のまま終わったのだった。

五月一二日。

この日、法人室長の工藤等が作成した決議文が理事全員の許に配布された。内容は、次のようになっていた。

二〇〇八年五月一二日

法人室長　工藤等

教職員各位

最近、実態不明の『大昭学園をよくする会』から学園職員に対して、二度にわたり文書が発信されました。これに対して二〇〇八年五月九日開催の理事会において、理事全員が出席するなか、緊急動議が提出され、理事全員の承認を得て下記の決議文が採択されました。この採択を受け、坂口理事長は下記の所信表明を行い、理事会は全会一致をもってこれを賛同承認しました。

また、理事会に引き続き開催された評議員会において、坂口政雄理事長は、理事会での決議を報告するとともに理事会での所信表明を再度行いました。評議員会も全会一致をもって、理事会決議ならびに理事長の所信表明を支持賛同する旨、下記のとおり決議されました。

記

決議文

二〇〇八年五月九日
学校法人大昭学園　理事会

大昭学園を良くする会（氏名不詳）が、教職員を対象に発行した文書は、事実に反し、本法人の理事会を冒涜するもので、理事会の権威を著しく失墜させるとともに、教職員による理事会への信頼を大きく損なわせようとする、最も卑劣で悪質な文書である。よって、氏名不詳の投書人に対し、本理事会は強く抗議し、以上全会一致決議する。

決議
上記理事会決議を賛同承認する。

二〇〇八年五月九日
学校法人大昭学園　評議員会

坂口政雄理事長の所信表明
わたしは、皆さま方に宣言します。わたしは学園を私物化するようなことや、私腹を肥やすようなことなど、いっさいしておりません。天地神明に誓って申し上げます。もしもわたしがおかしなことをやっている、不正を働いていると思われることがあれば、遠慮なくおっしゃってください。

いま、学園は少子化の時代を迎え、たいへん厳しい状況におかれています。学園関係者が一致協力して、この難局を乗り越えていかなければならないときに、このような怪文書を発信して、学園の正常な運営を妨害することは、断じて許されるものではありません。

もしも、学園関係者が、このような重大が非行を犯し、学園の転覆を企てようとしているのであれば、厳しく糾弾する必要があります。皆さまもそのように思われませんか。皆さま方には、良識ある判断のもと、学園への妨害工作を排除していただくとともに、学園の発展に向けて一層のご支援を賜りますようお願い申し上げ、わたしの所信表明とさせていただきます。

以上

五月九日の理事会において、坂口宛ての質問状を提出した段階で、北村と政光は、坂口に対して理事長解任を迫るかどうか、明確な意思統一はまだしていなかった。

というより、最終的にはそこまでいかなければ決着しないかもしれないと思いながら、一方で、坂口が反省して民主的な運営に方向転換してくれれば矛を収めてもいいと、内心ではむしろそちらのほうへ期待していたといえる。

しかし、一二日に配布された決議文と理事長の所信表明を見て、それまで抱いていた淡い期待が、結局は、ないものねだりだったと観念した。

五月一三日。

理事会から四日後のこの日、北村と政光は元民主党代議士の井川一成を摂津市の事務所に訪ねた。

井川は、摂津市が市制施行後、初めて行った市長選に立候補して三六歳の若さで当選、二期八年を務めたあと、一九七六年の衆院選に日本社会党から出馬して初当選。以後連続八回当選して、社会党副委員長などを歴任、一九九五年の村山改造内閣では郵政大臣を務めた政界の重鎮だった。

もとより淀工大の中興の祖、藤田進元理事長と同じ日本社会党に属していたことから、政光は藤田の名代として、何度か井川の事務所を訪ねた経緯があった。

「おう、おう。久しぶりやな。政光さん、相変わらずのご活躍でんな」

藤田が亡くなって以降、久しぶりに会った井川は、政光の顔を見るなり、自分から寄ってきて握手を求めた。

「ご無沙汰ばかりで、申し訳ございません。先生もお元気そうでなによりです」

「いや、いや。猿は木から落ちても猿やけど、代議士は選挙に落ちるとただの人や」

井川は誰かの言葉を引用して自嘲めいた笑いを浮かべた。

郵政大臣まで務めた井川だったが、その後は、社会党の凋落により小沢自由党に入党したものの二〇〇〇年の総選挙で落選、さらに二〇〇三年の総選挙では過去の宿敵だった自民党に鞍替えして当選を目指したが、やはりあえなく落選。引退宣言こそしていなかったが、実質的には引退同然の日々を過ごしていた。

「で、きょうは、なんのご用かな」

「その前に、こちらは関西日日新聞の北村守会長です」

「北村でございます。先生には以前、水都祭の席でご挨拶させていただいておりますが、相変わらずのご健勝でなによりでございます」

「あ、そうでしたな。藤田さんがお元気なころに。はい、はい」

北村が出した名刺を眺めながら大きく頷き、井川は二人を応接室のソファに招き入れた。

「本日はお忙しいところ、貴重なお時間を頂戴しまして、大変、恐縮でございます」

「いや、いや。そんな堅苦しい挨拶はよろしいがな。どうぞお気楽に」

「は。じつは……」

井川に促され、政光は坂口が理事長になって以降の専横ぶりをかいつまんで説明した。井川は、かつて寝屋川大学の後援会副会長を務めており、大昭学園とまったく無縁ではなかった。同時に、摂津市においては地元市議の庄司正臣と同じ党派で活動していたこともあり、この日は、先日の理事会で庄司が「投書は匿名で卑劣な行為だ」と、坂口を擁護するような発言をしたことに対し、井川に意見を聞いてみようと訪れたのだった。

「そうか。庄司さんが坂口を擁護するようなことをね。どこに真意があるのか、一度、彼に会ってわたしから聞いてみましょうかな」

一通り聞いた井川は、二人を前に頷きながら言った。

「宜しくお願いします」

「そやけど、政光さんも下手を打ったもんやなあ」

「とおっしゃいますと？」

「いや。わしは坂口が理事長に就任したやなんて、聞いてびっくりしましたで。わしはな、坂口のことは昔からよう知ってまんのや。あいつはゼネコン業界でも名うての談合屋として悪名が高いねん。学園は、なぜあんな男を理事長に選んだのか、そら、選んだほうに責任がおまっせ。この話は最初から人選を間違うてるんやもの」

そういって、坂口を一刀両断に切り捨てたのだった。

「先生のご説はごもっともで、いまさらながら我が身の不明を恥じております」

「まあ、選んだもんは、いまさらどうしようもない。問題は坂口が今後とも理事長として相応しいかどうかやな。北村さんは、もし坂口が悔悛するなら続けさせてもええとお考えのようやけど、あの男に、そんな殊勝な気持ちはおまへんで」

「そうでしょうか」

「現に、ここまで悪事を暴かれても、先日の所信表明では、今後とも一層のご支援をお願いしたいと言うてんのやろ。本人はやる気満々ということやがな。となると、学園を正常化する道はただ一つ、理事長解任しかおまへんな」

さすがに、元社会党の副委員長まで務めあげた人物だけに、周囲を巻き込むアジテーターぶりは健在だった。

「まあ、わたしら学園の恥を世間に晒すのは忍びないよって、できれば穏便にと思いましたんやけど、先生のおっしゃるとおりかもしれまへんな」

「そや。なんならわしが一度、坂口に会うてみよか」

「そこまで、先生のお手を煩わせては申し訳ないです」

「いや、いや。政光さんの親分の藤田さんとは戦友ですわ。戦友が丹精込めて作り上げた学園の将来が危ういというのをみすみす見過ごすのは、戦友に対して申し訳が立たない。よっしゃ。坂口と会う段取りをつけてもらいまっか？」

代議士を辞めて以降、地元摂津市で社会福祉法人と幼稚園の理事長をしている以外、これといった役職についていない井川は、久しぶりに表舞台に立てる機会が舞い込んで、むしろ嬉しそうな表情をして、自らその役割を買って出たのだった。

3

その日の夕方。

井川は庄司を事務所に呼び、北村に約束した通り、庄司の説得に当たった。庄司は、井川が介入してきたことに当初、不満そうな雰囲気だったが、もとは同じ社会党で一緒に活動した経緯もあって、最後は井川の説得を受け入れ、坂口解任で動くことを約束する。同時に、坂口本人にも会ってみたいという井川の申し入れを引き受け、その場で坂口とのコンタクトを取ってくれた。

「明日の夕方なら時間が取れると言うてますが」

庄司が受話器の送話口を手で押さえて井川を見上げる。

「明日の夕方？　そらまた急な話やな。せやけど、せっかく時間を取ってくれるんやったら、それでオーケーですわ。時間は？」

「明日は淀工大校友会の摂津支部総会が午後一時から予定されてましてな、わたしはそっちに出なあきまへんのや。そやから支部総会が終わってから……、そやな、三時には終わるやろうから、午後四時からわたいの家で、ということでよろしいか」

「ああ、場所までセッティングしてもろて、すんまへんな。おおきに」

話はあっけないほど、とんとん拍子に運んだのだった。

ところが、翌一六日の朝になって坂口から庄司に電話が入り、「風邪で体調を崩したので訪問できない」と伝えてきた。

この日、北村は政光と大泉、大場、正司の各理事と、島本、大西の両評議員に招集をかけ、関西日日新聞社の応接室に集まり、この日が回答期限の質問状が届くのを待ちながら、今後の対策を話し合っていた。むろん、集まったメンバーの最大関心事が、井川と坂口の会談の行方にあったことはいうまでもない。

しかし、坂口のドタキャンで会談は不首尾に終わった。

「坂口の野郎、あの餓鬼は、逃げやがったな」

「わしは最初から来ない思うてたで。いままで、さんざん煮え湯を飲まされてきたんや。あの腐った性根が簡単に直るわけないやろ」

「いやな、庄司のセッティングがあまりにもスムーズにいきすぎて、なんや狐につままれたような気分やったんや。こういうどんでん返しが待っていたか」

集まった面々は、半信半疑とはいえ、それなりの期待を抱いていただけに坂口の芝居がかったやり方を罵倒したが、井川と坂口の会談は、この先も永遠に実現することはなかった。

また、待ちに待った「回答書」は、夕方になっても届かず、坂口からの連絡もなかった。

その後、集まった七名は、今後の対策として次のようなことを確認し合った。

一、質問状への回答を坂口に督促する。

二、坂口の対応次第では、次回の理事会で坂口の「役職解任」の動議提出も辞さない。

三、淀工大、寝屋川大の学長に状況説明を行い、意見を聞くと同時に、坂口の役職解任の考えを示し、賛同を得るよう働きかける。

四、淀工大学長へは北村と大泉、寝屋川大学長へは大場が説明する。

確認事項を全員で一通りチェックし終えたあとで、政光が北村に問いかけた。

「会長、理事会議事録の虚偽記載についても、坂口宛に通知書を送り届けておいたほうがええんやないですか」

「おお、そうですな。すぐに作りましょう。これから先はなにがあってもええように、全部、文書にして残すようにしないといけませんね」

「坂口は口頭で伝えたことは平気で白を黒と言いくるめますさかいな」

「それもあるけど、これ、最終的に司法の判断を仰がなければならないようになるかもしれないですからね」

「ともかく一筋縄ではいかん男やいうことは、これまでの言動でも明らかですわな」

「あと、質問状に対する回答書の督促状も送り付けとかないと」

「そうや。督促状はわたしが作ります。虚偽記載の通知書は政光さん、あんたが作ってくれますか。通知書の差出人はわたしの名前でいいから」

北村は、みんなの意見を聞きながら、テキパキと仕事を割り振っていった。


政光は早速、理事会の虚偽記載に対する通知書を作成した。

通知書
大阪市旭区大宮×—××—×
学校法人　大昭学園
理事長　坂口政雄殿

平成二〇年五月二〇日
吹田市千里山西×—××—××
学校法人　大昭学園
理事　北村　守　印

前略　二〇〇八年三月二六日（水）開催の二〇〇七年度第一二回理事会にかかる議事録を入手しました。それによれば、第一〇号議案である学校法人大昭陽光学園への追加資金援助

（貸付金）の件（以下「本件議案」という）につき、全会一致により承認されたとの記載がなされてありますが、これはまったくの虚偽記載であります。

本件議案については、検討材料不足のためその是非の判断どころか審議すらできなかったものであります。

つきましては、本件議案については全会一致による承認案件ではないことを申し上げるとともに、至急に本件議案を審議するに足りる検討材料をご提示のうえ、改めてその賛否を諮るべき事案と考えます。

なお、私としては、審議に値しない状態においては、本件議案につき明確に反対の意思表示を行うものでありますことを申し添えます。

以上

この通知書は五月二〇日付けの書留内容証明郵便で、大昭学園坂口政雄理事長宛に送付した。その際、北村は、仮に採決が行われていたとすれば、北村、政光、正司、大場、大泉、山口瞕晋の六名は反対票を投じる旨の文書も合わせて付記した。

北村と政光は、坂口への質問状を作成した際に、質問項目への監査請求を、田中と土師両監事に提出していた。

田中と土師は、政光たちと同様、坂口の学園経営に多くの疑念を抱いており、直ちに行動を起こして学園財務部に関係書類の開示を要請した。とくに建設工事関係と募金関係については、わざわざ学園の財務部長宛に①工事に係る稟議書類一式、②受配者指定寄付金受入れに伴う私学事業団提出書類一式などの開示を求め、そのうえで、五月一九、二〇日の両日、監査を行った。

しかし、財務部は「資料の持ち出し禁止」および「関係資料のコピー禁止」という制限を設けてきたため、監査は難航した。それでも、できる範囲で関係書類を調べた田中と土師は、監査終了後、直ちに監査報告書を作成、理事会と評議員会に提出した。

財務部の非協力的な姿勢のなか、両監事が導き出した結果は次の通りである。

【建設工事に関して】

請負業者の選定は大半が特命による随意契約で、その理由が不明確。さらに特定の業者に工事等を発注している偏りがあった。

ただ、このことは規定に抵触することではない。業者選定は三者見積が原則であるが、特別な理由があれば、特命で業者を決めることは認められている。このことを適用して随意契約を行っているが、「但し書き」の適用が多すぎる。これでは業者選定の不透明さを指摘されても仕方がない。

校舎建築について理事会の承認を得たうえで、設計概要、発注金額、設計業者、建築業者などの報告がされるべきであり、規定違反ではないが、執行部の姿勢に問題がある。透明性、公平性に配慮した見直しが必要であると考える。

【募金に関して】

学園は創立九〇周年（二〇一二年）に向けて目標金額三〇億円を設定し、個人、企業から募金を呼びかける計画で、企業には取引業者も含まれている。そのなかに北村理事が指摘する大電工、トップス、東松建設、前村組、大木建設が含まれている。

学園側では過去五年間の取引実績などから、理事長を含む幹部が設定する。

過去取引がなく、淀工大一〇号館新築工事で初めて学園と関係ができた東松建設、前村組、大木建設が「三社で一億円」もの寄付を行ったことは不自然と言わなければならない。

寄付に関しては、日本私立学校振興・共済事業団へ「受配者指定寄付金に係る確認書」を提出する必要がある。一〇〇〇万円以上の寄付者について、以下の点を確かめなければならない。

A、当該寄付は、学校教育に関連のない収益事業等に充てるものではないこと。

B、寄付企業の役員が、学校法人の理事に就任するものではないこと。

C、寄付企業の役員と学校法人の理事が同一人のとき、当該寄付企業の役員会において、所定の手続きを経て寄付を行っていること。
D、寄付講座・寄付研究において、講座や研究における研究成果物が、寄付企業に帰属する受託事業ではないこと。
E、これらの他に寄付企業が特別の利益を受けることがないこと。

大電工、トップスに関して問い合わせたところ、
A＝はい、B＝はい、C＝該当なし、D＝該当なし、E＝はい
との回答であった。

五月二一日。

監査報告書は、全理事と全評議員、それに学園幹部全員に配布された。

その直後、田中と土師の両監事は、常務理事の杉田に呼ばれた。

「お呼びでしょうか」

田中と土師が常務理事室に入っていくと、杉田は眉間に縦皺を寄せ、神経質そうな表情を浮かべて顔を上げた。

「あ、ご苦労さん。この平成一八年度決算における監査報告書やけどな、これ、指摘事項を

具体的に記述してほしいのやけど」

「とおっしゃいますと？」

土師が穏やかな表情で杉田を見上げる。

「この監査報告書では『概ね適正である』と書いてあるけど、こういった表現は削除してほしいねん。これな、第三者が見れば、この表現では学園に不正があるかのように受け止めかねないやろ。いうまでもなく、学園業務において不正はない。それは理事長の所信表明でも明らかになっておる。それにや、監査は先の投書の内容に沿ったものになっておるけど、投書は先日の理事会で全面否定されているやないか。監事が投書を取り上げること自体、矛盾があるで」

「お言葉ですけど、杉田常務。監事に対して監査報告書の書き直しを強要することなど言語道断でっせ。それに理事長の所信表明は、学園の実態を証明するものにはなりまへん。また、今回の投書ですが、これは、わたしどもは告発と捉えています。理事会でも田中監事が『コンプライアンス社会の今日、匿名、記名の別は意味をなさない。大事なことは内容の事実確認だ』と述べておられる通りです」

「そやかてな」

「そもそも学園には不正があるやないですか。一〇号館建設の見積のあり方、取引業者からの募金徴収の方法、コストオン方式のことですけどな。あるいは建設工事における随意契約の多さなど、枚挙にいとまないくらいです。しかも関係書類の監査を行おうにも、学園執行部は書類も満足に見せてくれない。この状況下では、監事としては『概ね、不正がある』と書きたいくらいですよ」

土師は、旧国鉄出身で国労をバックに大阪府議会議員を長く務め、最後は府議会副議長まで歴任した人物だけに、杉田の言葉に対し、毅然とした態度で理路整然と反論した。もともと敵を作らないといわれるほど温厚な性格で、口調は穏やかだったが、指摘した内容は厳しかった。

杉田は眼鏡の奥の目をしばたたかせ、口を尖らせてなおも食い下がろうとした。

それを見て横にいた田中が言葉を引き取った。

「常務。わたしども監事は、理事長、理事会のいずれにも属しておらず、完全中立な第三者機関として、私学法における客観性、公平性は極めて高い水準で保たれています。ただ、常務のおっしゃる、監事の指摘事項を具体的に記述せよ、という要請は、監査の精度を上げることにつながると考えますので、再度、検討して改めて提出いたします」

田中の言葉に、杉田は自分の意見が受け入れられて満足したのか、小刻みに頷いて二人を解放した。

しかしその三日後、田中、土師の両監事が再提出した監査報告書には、新たに以下の指摘が付け加えられていた。

イ、工事請負契約において、重要な工事案件については、特命による随意契約による恣意性の介入を除くため、指名競争入札を原則とすることにより、契約額や業者を合理的に決定し、取引の透明性を高めることを求めます。
ロ、法人役員は、教育事業に従事する者としての倫理性を自覚し、取引業者との金銭等の一線を厳しく画し、業務遂行に当たらねばなりません。
ハ、取引業者との募金のあり方について、より詳しい説明が必要です。

以上

藪をつついてヘビを出す——。
杉田の抗議は、狙いとは逆な結果をもたらしたのだった。

4

田中と土師の両監事が作成した監査報告書を受け、北村たちは一気に坂口の役職解任動議の提出に向けて動きはじめた。監査報告の内容は、いわば第三者機関としての監事が現在の学園運営に重大な疑義があるというお墨付きを与えたも同然だった。

そうである以上、もはや一刻の猶予もならない。

監査報告書が提出された二日後の五月二二日、北村は大泉と一緒に、西区立売堀にある割烹料理屋に淀工大学長の伊藤正崇を招いて会談した。

さらにこの日は、北村の顧問弁護士、村尾久之も同席させた。

坂口に解任動議を突き付けるとなると、最終的には数の力がモノをいう。つまり、解任動議が理事での票決になった場合に備え、多数派確保のため、まず伊藤を自陣営に引き込んでおこうと考えたのである。

伊藤は、大昭学園傘下の三つの大学のうち、いわば本家ともいえる淀工大の学長だった。従って伊藤が理事長解任に賛成すれば、あとの二人の学長も否応なしに反理事長派に加わることが予想された。

しかも伊藤には、政光に対する恩義があった。

伊藤を淀工大の学長に据えたのは、ほかならぬ政光だったのである。

淀工大の教授は、伝統的に京大工学部教授からの天下りと、阪大工学部教授からの天下りが多く、教授陣はほぼ京大閥と阪大閥に色分けされた。

当然、歴代の学長も、京大出身者と阪大出身者が交互に就任していた。

ところが、伊藤は姫路工大出身で、京大、阪大のいずれにも属さないため、本来なら、学長になることはかなわない立場だった。

一方、元理事長の藤田は、淀工大の学長を京大、阪大の出身者以外から選びたいと考えていた。京大、阪大からの天下り教授たちはプライドが高く、藤田が進める学園運営に対して必ずしも協力的ではなかった。

藤田にすれば、もっと操りやすい人物を学長に据えたいと考え、その対象として白羽の矢を立てたのが伊藤だった。

私立大学は、もともと経営を優先するか、教学を優先するかで、経営側と教授側が対立するケースが多い。教授陣は、教学主体の学園運営を希望するが、教学部門を強化して研究施設や教育環境を充実しようとすると金がかかり、その割に質の高い学生が集まるわけではなく、経営は赤字になることが多かった。

結局のところ、私学が生き残るには経営を優先するのがもっとも手早く、そのためにはオリンピックの代表選手やプロ野球選手などを数多く輩出したり、マグロの養殖などで世間にアピールして大量の学生を集めるしかなかった。

当然、体育会系活動や事業活動への予算配分が優先され、授業内容や学生の質を高める教学部門への投資は二の次、三の次になる。大学全入時代になって急成長したマンモス大学は、たいていがこのパターンで、淀工大もその例に洩れなかった。つまり、藤田元理事長は、経営重視で大昭学園を軌道に乗せ、その運営を続けるためにも自分の意に沿う人物を学長に起用したいと考えたのである。

とはいえ、学長の選任には教授会の承認を得る必要があり、その教授会は京大・阪大閥が支配していて、もし、この両者が手を結ぶと、伊藤の学長就任は画餅に帰する。

政光は、まず二期六年の任期満了を迎える前学長の北川禕一を説得し、京大閥のトップに君臨する北川を通して京大閥の各学部長、学科長などに根回しし、京大閥と阪大閥の分断工作をして、やっとのことで伊藤学長の実現に漕ぎ着けたのだった。

北村と大泉が、多数派工作の最初のターゲットとして伊藤に狙いを付けたのは、もちろん政光の情報がベースにあったからである。

料理屋の奥の個室に通された伊藤は、床柱を背にした座椅子を勧められ、最初は断ったものの、断りきれずに腰を下ろしたとたん、正面に座った北村が、いきなり本題を切り出した。

「伊藤先生、先日の理事会で提出した質問状ですが、回答期限に設定した一週間はとうに過ぎて、すでに一〇日以上経つのに、坂口理事長からは、まだ回答が届かないばかりか、なんの連絡もありません。ということは、坂口理事長は質問状に反論できる材料を持っていないと考えてもええと思うのですが、いずれにしろ坂口理事長になってから、学園内は工事、工事の連続で学園財政は急激に悪化、このまま放置すると、少子化時代を迎え、学園の存続すら危ぶまれる事態がくるのではないかと懸念していますのや」

「確かに、このところの工事の多さは尋常ではないですからなあ」

「監査報告書でも指摘しているように、請負業者選定の不明瞭さ、淀工大一〇号館の新築工事に絡む発注金額の水増しと、そこから派生する寄付強要の問題点、あるいは坂口理事長になって以降の建設ラッシュなど、理事長の職務執行に対する疑義は深まるばかりですわ」

「はい」

「淀工大一〇号館の新築工事では二八億円もの借金を作り、さらには陽光学園への過大な融資と、このままでは学園財政が枯渇してしまうのではないですか。おまけに役員選考手続き改正案まで出し、独裁政権への基盤強化を着々と進めています」

「役員選考手続きの改正案にはわたしも驚きました。あれはわたしも反対です」

「でしょう？　この状況を看過すると、坂口理事長の思うつぼですから、絶対に阻止しなければならない。そのためにも、わたしらは坂口理事長の役職解任の動議提出を考えておるんです」

「解任、ですか。できることなら穏便に……」

伊藤が言いかけた言葉を最後まで言わせず、北村は語気を強めた。

「ついては、坂口の後任の理事長に、伊藤学長を推薦したいと考えています」

「え……」

突然の成り行きに、伊藤は緊張して背筋を伸ばした。

「坂口理事長の解任動議が可決されたあかつきには、伊藤先生、先生に大昭学園理事長の要職をお願いしたい。そのためにわたしら理事一同、汗をかかさせていただきたいと思うておるのです」

「わたしが理事長に！」

「藤田理事長以来、大昭学園はややもすると経営重視の運営を続けてきた。そのこと自体、一定の成果はあったと思います。傘下に三大学、二高校・中学を収め、学生生徒総数二万六千名を擁する、関西でも五本の指に入るマンモス学校法人としての基盤ができたのは、ひとえに藤田理事長の経営重視の姿勢が奏功したからにほかなりません」

「はい、まあ……」

「そやけど、ここまで基盤ができたら、これからは規模の大きさを競うのではなく、教育水準や教育の質で大学の存在意義を示すべきやと思います。言い換えると、これまでは、大学は箱さえ作れば学生はいくらでも集められた。けど少子化時代になったら、箱だけでは学生は集まらない。やはり教育水準や教育の質を高め、そこに価値を見出すようにしていかないと。先生に理事長を引き受けていただきたいとお願いするのは、先生が教育行政に精通しておられることはもちろん、教学部門を先生の手で強化してもらいたいという思いがあるからです」

数日前まで、北村は、理事長候補に一部上場企業ダイコク会長の大泉を考えていた。しかし、大泉自身が、三人の学長を取り込むには伊藤を理事長候補に推したほうが多数派工作しやすいのではないかと主張、それを受けて急きょ、方針を変えたのだった。

伊藤はなにを考えているのか、胸の前で腕を組んだまま黙っていた。

そんな伊藤の背中を押すように、同伴した村尾弁護士が言葉を挟む。

「法律的見地から申し添えると、理事長の解任動議は、七名の理事の賛成で成立します」

「は？」

「理事は全部で一五名です。ただし、解任動議が提出されると、理事長本人は評決に加われませんので退出します。結果、一四名になります。次に緊急動議の評決のための議長を選任しますが、この議長も評決には加われないので、一三名になる。結果、七名の賛同が得られれば過半数を確保できるというわけです」

話がどんどん具体化していき、伊藤は思わず唾を飲み込んだ。とたんに骨振動で喉仏がゴクンと響き、内心でちょっとうろたえた。

「まだ正確に確認したわけではありませんけど、三名の学長を除いた一二名の理事のうち、明らかに理事長を支持するとみられるのは二名の常務理事と柳井理事の三名のみです」

北村が念を押すように言うと、それまで断片的な感嘆詞しか発しなかった伊藤が、ようやくまともに口を開いた。

「北村理事の説明で、坂口理事長の不正はわかりました。わたしとしても、理事長の専横には眉をひそめていたところです。解任には賛成します。ただ、坂口理事長は淀工大電気工学科の卒業で、わたしが同電気工学科長だったころから交誼があり、心情的に坂口の目の前では、解任動議に賛成の挙手はやりにくい。そのあたりがどうも……」

伊藤は、優柔不断な性格を滲ませて顔を上げた。

それを見て、温和な大泉が低い声で迫る。

「学長。学長が個人的な先輩後輩の関係を大事にしたいいうお気持ちは、わたしもよう理解できます。だけどここは私情を離れて、もっと社会的な大所高所に立った立場で判断していただけまへんか？　いまのお話やと、世間体を考えて臭いものに蓋をするというか、なるべく穏便に済まそうというように聞こえます」

「いえ、決してそんなことでは……」

「学長に向かってこないなことを言うのは僭越やと思いますけどな、教育の場は真理を探究するところでっしゃろ。そこで私情を挟んで、見て見ないフリをするのがええのかどうか……。ここは学生を初め、多くのステークホルダー、ま、利害関係者ですわな、そういう人のために鬼になることも必要なんと違いますか。そら、われわれも決して坂口の解任を望んでおるわけやない。けど、坂口はわたしたちの糾弾に反省しないばかりか、逆に居直る始末で、もう解任以外にどうにもならんところまできています。はっきり言うて正義が貫けない組織に未来はおまへん。ましてやわれわれが問題にしているのは、社会的な公正さが問われる教育機関やいうことです。そのことを考えると、ここはなんとしてもひと肌脱いでもらわなあかんと思うんやけど、どうでしょう」

真正面からぐいぐい迫る北村とは対照的に、穏やかな口調ながら押したり引いたりして説得する大泉の姿勢に、ようやく伊藤も顎を上げて背筋を伸ばした。

「わかりました。お二人のおっしゃる通りだと思います。坂口の解任に賛同します。ただ、一つだけお願いがあります」

「なんですの?」

「理事会当日、坂口を当事者として理事会から退出させてほしいのです。理事長の面前で手を挙げる勇気はとてもありませんので、そうしてもらえれば、わたしは解任に賛同の意思表示をはっきりと示します」

「それは、まあ、ええでしょう。伊藤先生のお人柄はよくわかっていますので」

北村は伊藤の申し出を快く受け入れた。


一方、北村とは別働隊の理事、大場新太郎は寝屋川大学長の石井光規と会い、坂口の学園運営に対する疑義を伝えて説得を試みた。

大場は淀工大を卒業後、阪大の大学院を出て母校・淀工大の教授になり、さらに淀工大工学部長を経て東広島大の副学長を最後に勇退して理事に選任された経歴を持つ学究肌の男だった。性格は実直、真面目。現役時代は学生からも教授仲間からも慕われ、それでいて熱血漠でもあったために、今回も坂口の一連の背信的行為が許せないと、積極的にアンチ理事長派に肩入れしてきた経緯があった。寝屋川大学長の石井とは、同じ阪大閥に属することから、これも自ら説得役を買って出たのだった。

しかし、大場の必死の説得もむなしく、石井は曖昧な態度に終始する。結果、大場は坂口理事長の解任動議についてまでは話を進めず、ひとまず退却した。

その夜、北村たちは北区堂島浜にある大阪全日空ホテル最上階のクラブラウンジに集結し、解任動議を提出した場合の票読みを試みた。集まったのは北村と政光、それに大泉、大場、庄司、正司、山口暲晋の七名である。

山口は同志社大を出て淀工大の事務職員になった経歴を持ち、同年齢の庄司とともに藤田体制を支えた論功行賞として評議員に選ばれ、その後、理事に選任されていた。同じ職員出身の理事として、政光や大場、庄司とも気脈を通じており、坂口の学園運営については早くから批判を強めていた一人である。

この七名中、あえて行動に疑義があるとすれば、先日の理事会で、投書はテロ行為だと言って批判、坂口に与するような発言をした校友会出身理事の庄司正臣だけだったが、庄司はその後、井川元代議士と坂口の会談をセッティングするなどして反省の色を見せていたため、多数決になった場合に備え、あえて敵に回すこともないと考え、この日の集まりに呼んでいた。この七名に、北村らの説得に応じた淀工大学長の伊藤を加えれば、現時点でも理事会の過半数になる八名が反理事長派ということになる。

一方、この時点で明らかに理事長派と目されるのは、坂口本人と、杉田、横田の両常務理事、それに坂口の推薦で理事になった柳井傳八の四名だけだった。

柳井は大阪に根強い地盤を持つ宗教団体出身の大阪市議会議員で、大阪市内の全区にある教団支部の空調設備を大電工が施工したときに坂口との接点ができ、その縁で坂口が理事長に就任した際、大昭学園の理事に推薦した男だった。

残りは大昭学園顧問弁護士の駒谷尚之理事と、寝屋川大学長の石井光規、それに東広島際大学長の森規彦の三人のみである。

つまり、この時点で理事長の解任動議に賛成する理事は八名。対して反対派は四名。趨勢がはっきりしない態度保留組が三名という読みができた。

「ただし、解任動議反対派が四名といっても、動議提出と一緒に当事者の坂口は投票に加われないので一票減り、かつ新しく議長に選出されるであろう杉田か横田のどちらかの常務理事も投票には参加できへんから、もう一票減る。実質的には八対二で、解任動議賛成派の圧倒的勝利といえるんやないでしょうか」

石井の説得工作を引き受け、結果的に説得に失敗して帰ってきた大場は、自身の説得工作の不調が大勢には影響ないと言わんばかりに語気を強めた。

「ただ、現時点でも有利とはいえ、わたしは顧問弁護士の駒谷理事には、公正中立な弁護士としての立場で、坂口のやり方をどう思っているか、意見を聞いてみたいと思っているんです。皆さんはどない思いますか」

北村が全員を見回しながら言うと、政光がためらい気味に説明した。

「駒谷弁護士は藤田元理事長に対する名誉棄損の訴訟で、藤田の担当をした弁護士ですわ。その裁判で勝って藤田の信頼を得て、それで理事に就任した男でしてな、なんでも元日弁連会長の鬼頭明夫の弟子とかいうて、本人も一時、日弁連の副会長や大阪弁護士会の会長をしていたはずです。ですから、弁護士として客観的な視点で判断してもらうには適任かも知れまへんな」

「じゃあ、駒谷はわたしと政光さんで当たってみるか」

北村が言い、それを機にお開きにしようと全員が腰を浮かしかけたとき、山口が遠慮気味に手を挙げた。山口は、政光や大場と同様、学園の職員をしながら理事も兼任していて、部下の職員から聞いた話だと断って説明を始めた。

「すんまへんが、こんなん、いまさら言うことでもないと思うて黙ってたんですけど」

「なんか、まだありますのか？」

「皆さんは轟ノブ子事件、いうのをご存じでっか？」

「なんですの、それ？」

「いや、自民党の轟ノブ子議員のことですわ」

「あ、あのけったいなおばんやな。トドロキ、ゲンキ、ヤルキとかいうて前々回の衆議院選で確か復活当選したやっちゃ」

「そうです。あのけったいなおばんが、昨年の一〇月二二日に大阪市内のホテルで『轟ノブ子躍進の集い』とかいう政治資金パーティーを開きよったんですわ」

「あのおばはん、確か自民党では伍堂派に入ってましたやろ」

「そう。それで伍堂派つながりやと思うんやけど、そのパーティーに学園職員が坂口の指示で五〇人も動員されたいう話ですねん」

「なんや、それ」

「そやから、その職員がいうには、これ理事長の個人的な付き合いに学園職員を動員した公私混同やないか、とわたしに訴えてきたんです」

「公私混同もなにも、立派なパワハラでしょう」

轟ノブ子は独特の風貌で知られ、二〇〇五年の衆議院選に大阪一一区から立候補、選挙区では落選したが、重複立候補した比例近畿ブロックで復活当選を果たしていた。

いずれにしても大昭学園とはなんら関係なく、坂口の個人的な付き合いだった。そのパーティーで、坂口は轟ノブ子の後援会副会長として挨拶。そこに五〇名もの学園関係者を出席させたのは、あきらかな公私混同、自身の威光を見せつけようとして職員を動員したと批判されても仕方ない行為だった。

「学園職員の立場で、理事長の指示には逆らえないとなったら、それは地位を利用した強要、パワーハラスメントですわ。憲法における思想信条の自由にも違反しとるで」

「当日のパーティー会費は？」

「職員によると、会費までは払わなかったそうやけど、一枚二万円やったそうです」

「五〇名で一〇〇万円か」

「そないな金、誰が支払うたんですか」

「坂口は、大電工時代はつねに自由になる金が四、五千万あったそうですから」

「学園の工事でもゼネコンからたんまりリベートを取ってるはずやし、一〇〇万くらい、坂口には鼻くそみたいなもんかも知れまへんな」

「いや、あいつは自分の懐からは鼻紙一枚出さへん。トップスが肩代わりしたいう話や」

「山口さん、それ、もっと詳しく調べてくれませんか」

「新たな追及のネタが一つ増えましたな」

「できたらパーティーの案内なんかの資料もあったほうがよろしいですな」

「わかりました」

北村の指示に山口が答え、七名はようやくホテルを後にした。

5

第二回理事会を二日後に控えた五月二六日。

北村は政光を伴い、駒谷尚之法律事務所に駒谷を訪ねた。

かつて大阪弁護士会会長もしたことがあるだけに、駒谷の事務所は大阪の高裁や地裁が集まる北区西天満のビルの二階にかなりなスペースを確保して構えていた。

重々しいドアを開けると受付があり、受付の女性に名刺を渡すと、そのまま応接室に案内された。応接室は個室で、ほかに二室あり、いずれも受付の脇に配置され、顧客同士が鉢合わせしないように配慮されていて、なかなかに繁盛している様子だった。

「お待たせしました」

大柄な駒谷が猫背気味に背中を丸めて入ってきた。

「お忙しいところ、急なお願いで申し訳ありません」

日頃、理事会で顔を合わせているだけに、北村は挨拶もそこそこに本題を切り出した。

理事長に就任して以来、坂口がいかにワンマンで横暴な理事会運営をしているか。自分が創立した学園ならともかく、オーナーでもないのに六〇〇億円にものぼる予算規模の大学の理事長として、あまりにも品性を欠く言動の数々。そして三者面談もしないで独断で決めた工事や企業との癒着。前理事長の東松以上にひどい公私混同。行き当たりばったりで計画性のない校舎新築。さらに立て続けに施行された工事や陽光学園の買収および同学園への無計画な融資で、学園財政が急激に悪化していることなどを縷々並べたうえで、駒谷理事には弁護士としての正義感を、ぜひ理事会でも発揮して欲しいと迫ったのだった。

「駒谷先生。先生も理事会に出ておるから知っておられると思いますけど、陽光学園の買収、あれどう思われますか？　一〇号館の工事かてひどい内容です。六億円で済む設備工事を七億円も水増しするやなんて、これ背任横領と違いますか？」

「確かに、ひどい話ですな」

「昨年の一〇月、リーガロイヤルホテル大阪で、轟ノブ子衆議院議員を励ます会が開催されて、このパーティーに坂口の指示で学園幹部が五〇人動員されました。会費は一人二万円。合計一〇〇万円のお金は、トップスから支払われているようです。教育の現場では、政治活動とは一線を画すように義務付けられています。その公益法人にあって、費用を取引業者に肩代わりさせ、業務命令で職員を出席させるなど、理事長としてあるまじき暴挙ですよ。先生、先生は理事であると同時に弁護士です。理事長の法律違反を厳しく追及していただけませんか」

北村は、弁護士と相対する以上、確かな証拠がないといけないと考え、集めた資料の一切合財をテーブルに広げて駒谷に説明した。

「おっしゃることはようわかりました。わたしは理事である前に弁護士です。不正は糺さなければならない。北村理事はじめ、皆さんの活動に賛同します。これ、コピー取らしてもらえますか？　もう少し、わたしなりに熟読吟味して考えさせていただきます」

駒谷はそういうと、受付の女性を呼んで北村が持参した資料をコピーさせ、あとの予定が詰まっているからと断って応接室を出て行った。


五月二七日、夕刻。

北村が所要を済ませて会社に帰ると、役員応接室で庄司正臣が一人で待っていた。

「お、庄司さん。どうしました？」

当初、学園と利害関係にある者は理事にはなれないという理事会の取り決めを楯に、坂口の理事長就任にもっとも強硬に反対したのは庄司だった。当然、坂口が理事長就任してからも、その姿勢は一貫して変わらず、坂口の学園運営や言葉遣いにまで、庄司は理事のなかで一番厳しく批判していた。庄司は坂口解任の急先鋒だったのである。

それが前回の理事会あたりから、急に雰囲気が変わり、ときには坂口擁護とも取れる発言をするようになった。元衆議院議員の井川の説得で、理事長解任賛成派にとどまってはいるものの、気持ちが揺れ動いているのは、はた目にも明らかだった。

あるいは――。

北村は、努めて温和な表情で庄司を見上げた。

「いよいよ明日、坂口の解任動議を出しますのやな」

「そうです。明日ですよ」

「ただ会長、われわれの最終到達点は、坂口の理事長辞任でおますやろ」

「ん？」

「かりに坂口が自主的に理事辞任を宣言してくれたら、理事会ひいては学園に波風は立たずに済みますわな」

「そら、そうです。理事長の解任動議なんて、マスコミは喜ぶでしょうけど、対外的には学園の恥を天下に晒すわけで、決して褒められた話ではないですからね」

「そこで会長に提案なんやけど、明日、理事会前に坂口と面会して、わしが最終通告をしようと思うんや。そしてできる限り、自ら辞任するよう話してみる」

「まあ、これまでにも何度も説得を試みてきましたからね、坂口がいまになってうんというとも思えませんけど」

「ダメ元で当たってみるさかい、明日、坂口と二人きりで会うのを了承してほしいねん」

これまで見たことのない殊勝な顔で懇願する庄司を見て、北村は大きく頷いた。

その夜——。

坂口に出していた質問状に対する回答書が北村の自宅に送られてきた。北村は早速、開封して目を通した。

二〇〇八年五月二六日

学校法人大昭学園

理事　北村　守　殿

学校法人大昭学園

理事長　坂口　政雄　印

二〇〇八年五月九日付けの貴殿からの「質問書」について、下記の通り回答します。

なお、二〇〇八年五月二〇日付けの「通知書」について、次の通りお伝えします。

理事会では、議案に対する賛否を必ず確認しています。本件議案についても確認のうえ、全会一致で承認された旨を議事録に記載しています。

記

1、工事関係について

（1）貴殿は当学園理事長に就任以来今日まで「大電工」および「トップス」から収入を得たことはありますか。

A、あります。ただし、両社の役員については既に退任しています。

（2）収入を得ておられるのであれば、その理由をお聞きしたい。

A、上記（1）のとおりです。

（3）大電工、トップスは貴殿の関係企業でありますが、関係企業ゆえ当学園との取引を自重すべきところ、逆に積極的に使っている理由。

A、積極的には使っていません。

（4）工大一〇号館新築工事、工大七号館一階ピロティ改装工事、工大六号館一五・一六階工事、学園創立六〇周年記念館改造工事、寝屋川大薬学部六号館新築工事、これら工事に関する請負業者の使用形態書を提示願いたい。

A、使用形態書の意味がよくわかりません。

（5）前記の建設工事請負契約にかかる理事会の承認がない理由につき説明していただきたい。

A、理事会で承認および報告しています。

（6）前記の建設工事のうち、東松建設、大木建設、江藤工業および前村組は、これまで当学園との取引実績が全くないにもかかわらず、これらの企業に対して特命工事を発注した理由とその経緯。

A、学園規定（請負契約規定）に則り実施しています。

（7）これら建設工事の設計の全てを葉山設計事務所が請け負った理由。

A、学園規定に則り実施しています。

（8）高校の新校舎建設に関し、理事会の承認は未了であると思われるが、既に設計業者、請負業者は決まっているか。

A、決まっていません。

（9）東館の通用門を高くした理由。

A、高校新校舎の円滑な工事実施のためです。

（10）請負契約規定は、発注金額が五億円以上の場合は理事会の承認事項である。建設の行為については理事会の承認を得ているが、その後の設計業者および請負業者の決定経緯、設計の内容、発注金額などについて、理事会の決裁がなされていない理由。
A、従来からの慣例によっています。二〇〇七年度からは理事会報告事項として理事会に報告し、承認を得ております。

2、募金関係について

（1）貴殿は工事発注に絡んで請負業者に募金を強要しておられるか。
A、強要している事実はありません。

（2）企業は絶対に損はしない。結局はコストオンになる。そうした場合、建物の評価価格に齟齬が生じ、適正な財産登録が行われず、経理上の不正となる。このことに対しての見解をお聞きしたい。
A、不正はありません。

（3）大電工は二〇〇七年度に七〇〇〇万円の寄付をしている。一昨年と合わせて延べ一億円もの寄付金が入っているが、昨今の企業が持つ価値観からは理解に苦しむ金額である。これほど多額の寄付金が入った経緯。

A、過去の寄付実績と同等であります。

（4）九〇周年記念募金で取引業者または就職先企業に対して過大な募金を要求されているようであるが、募金実績を上げようと目先の利益追求するあまり、関係企業、卒業生、教職員に多大な迷惑をかけているのではないか。業界では「工大は金食い虫か」という風潮が流布されている。募金は強制するものではない。行き過ぎたお願いは、パートナーシップにひびが入る。とくに就職先企業に過大な要求をすると今後の在学生の採用に、また就職している卒業生に悪影響を及ぼす恐れがある。この現状において「学園の品位」が失墜する危惧を抱かざるを得ない。貴殿は、募金に対してどのような見解をお持ちなのか。

A、学園の品位を失墜させるようなことはしておりません。

3、理事長、杉田常務理事の言動について

（1）先般、東田法人課長がわたしのところへ議事録押印の要請にきた。その折、いくつかの指摘をしたが、その内容が速記録として役員の間で配られているようだ。わたしは見ていないが、その記録を見た人から、克明な内容だったと聞いている。理事長は、当日、彼にわたしとの面会を録音テープに隠し録りするよう命じたのか。

A、命じておりません。録音もしていません。

（2）理事長はわたしと政光理事の行動が気になるようで、政光理事の言動を逐一報告するよう部下、もしくは関係の者に指示されておられるが、それはなぜか。

A、指示しておりません。

（3）杉田常務理事は、昨年行われた六〇周年記念館での会食時、わたしの目の前で中尾校長に対して「そんなことを言っていると、校長を首にするぞ」と言われたが、その事実を覚えておられるか。

A、杉田常務理事には、そのような言動はありません。念のために中尾校長に確認したところ、そのようなことを言われた覚えはないとのことです。

（4）杉田常務理事は、政光理事に対して「なぜ、北村を理事に入れたのか」とか「北村の言動を逐一報告するのが身のためだ」とか言い、また理事長自身もそのことを肯定づける発言をわたしにされていた。なぜ、こういった言動が杉田常務理事から出るのか。

A、杉田常務理事には、そのような言動はありません。

（5）理事長派パワーハラスメントについて理解されているのか。前記の杉田常務理事の発言は正しくパワーハラスメントであるが、このことに関して理事長はどのようにお考えか。

A、パワーハラスメントについては理解していますが、杉田常務理事に該当する事実はありません。

（6）理事長と杉田常務理事は、「トップスの山川社長、大電工関係者と頻繁にマージャンに興じておる」と、もっぱらの噂だが、これは事実か。

A、事実ではありません。

（7）近時、学園創立六〇周年記念館は「本部棟」、また隣の六〇周年記念講堂は「YTIホール」と、名称が変更になったことを知った。これらの建物は学園創立六〇周年の記念事業として建設されたもので、学園の歴史の一ページを飾る重要な建造物だ。また、校友、教職員のモニュメントであるとともに、学園にとっても学園史を顕彰するシンボル的な建物のはずだ。一校舎の名称を変更するのとは訳が違う。この記念の建造物建設の意義および経緯から、理事長の独断で名称を変更することは許されない。仮に多くの学園関係者の方々から名称変更の要望があったとしても、名称変更は理事会の承認を必要とするものだ。なぜ、理事会に上程されなかったか、その理由について説明されたい。

A、創立六〇周年の記念事業の建物であることに変わりはありません。

以上

北村は、坂口から送られてきた回答書を、夜を徹して何度も読み返した。

木で鼻を括る——。

まさにそんな内容で、誠意のかけらも感じられない、というよりあからさまに人を馬鹿にした回答に、さすがの北村も怒りを通り越して唖然とした。

人は、ここまで徹底してにべもない態度をとることができるのだろうか。まるで思い切りすかしっ屁を眼前で放たれたような、七〇有余年の人生で初めて体験する後味の悪さだった。

これが。

あの男の人間性そのものなのか。

翌二八日は、二〇〇八年の第二回理事会当日だったが、北村は頭の一部分だけが妙に冴えわたって、白々と明け始めた東の空を見ながら、どうやっても埋めようのない内面の空疎間と闘っていた。

6

五月二八日、水曜日。

二〇〇八年度第二回理事会当日。

いよいよ坂口理事長の解任動議を提出する日である。

理事会の開始は午後二時。

北村は、午前一一時に大泉、正司、大場、政光の四理事と、島本、大西の両評議員を加えた七名を大昭学園の最寄駅である地下鉄谷町線千林大宮駅前のファミレスに集め、前日、坂口から届いた回答書の内容を伝えた。

「あれ、庄司理事はどないしたの？」

大泉が見回しながら言うと、北村が答えた。

「庄司は、いまごろ坂口に会っていますよ」

「え」

「坂口が自ら辞任するよう説得を試みると言って、昨日の夕方わたしのところにきましてね。明日、坂口と二人だけで会いたいけどいいですかと、わざわざ了解を取りにきたんですわ」

「坂口が自分から辞めるような殊勝な男やったら、ここまで問題がこじれることはなかったんやけどな」

「わたしもそう言いました。けど、最後にもう一度説得してみると言うから、そりゃ、坂口が自ら辞めてくれたら学園の恥を外に晒すこともないし、それなら、やってみなさいと了承したんです」

政光と大場は、なんとなく割り切れない思いで北村の話を聞いたが、正司に「それより、今日の理事会をどうするかや」と促され、姿勢を正した。

それを見て北村が理事会の手順を伝える。

「取りあえず、理事会の冒頭に再度、坂口に質問をしようと思います。それで坂口に見解を求めて反省を促すことが先決でしょう」

「それでええと思いますよ」

政光が答え、それから項目ごとの質問者を決めた。

▼二〇〇七年度第一二回理事会議事録「陽光学園に対する追加融資の件で『全会一致で承認』と記載されたことに対する疑義＝質問者：北村理事。

▼募金に関し、日本私学振興・共済事業団へ提出の受配者指定寄付金に係る確認書に対する疑義＝質問者：北村理事。

▼トップとしての倫理観について、取引業者である大電工、トップスから高額の報酬を得

ていることへの理事長の姿勢に関する疑義＝質問者：北村理事。
▼学園創立六〇周年記念館の名称変更について、理事会の承認を得ず、理事長独断で学園創立六〇周年記念館の名称を変更したことへの疑義＝質問者：大場理事。
▼行動規範違反について、轟ノブ子代議士の政経パーティーへ学園幹部を大挙動員したことは行動規範に抵触している＝質問者：正司理事。
「これらについて質問し、坂口の姿勢に反省が見られないと判断したら、政光さん、あんたが『理事長職解任』の動議を提案するんやで」

「わかりました」

北村に言われ、政光は冷静を装って低く答えたが、自分でもわかるほど胸の高鳴りを覚え、慌ててトイレに駆け込んだ。


一三時五五分。

二〇〇八年度第二回定例理事会の開会五分前になって、全理事が着席して待つところへ坂口が庄司を従えて入ってきた。

庄司は理事会開会直前まで、理事長室で坂口と面談していたようだった。

理事たちの目が、一斉に二人に注がれる。

その視線を浴びながら、先に立つ大柄な坂口のあとに続く庄司の姿勢が、なにやら肩肘を張って、これ見よがしに昂然としているのが、政光には気になった。

虎の威を借る狐――。

そんな格言を思い出したのである。

やがて坂口と庄司が席に付き、常務理事の杉田が開会を宣言した。続いて、坂口が理事長挨拶をして議案の提案に入ろうとしたとき、北村が挙手をして立ち上がった。

「理事長！　昨夕、坂口理事長から、わたしの質問状に対する回答をいただきました。ついては、議事に入る前に、理事長に対して、さらに二、三、質問をさせていただきたいのですが、よろしいですか」

とたんに理事席から声が上がった。

声の方向に目をやると、先ほど坂口と一緒に会議室に入場してきた庄司だった。

「理事長が回答したのならそれでええやないか。理事会で取り上げる問題ではないやろ」

突然の出来事に会議室内が一瞬、しんと静まり返り、そのあとざわついた空気になった。

声の主が庄司だったこと。庄司は一貫して坂口理事長への批判を強めていたこと、その庄司が急に坂口を擁護するような発言をしたことに対し、驚きや同調、批判が入り混じってざわついたのだった。

北村は一呼吸置き、ざわめきが静まるのを待って、再び口を開いた。

「質問状は、坂口理事長の執務執行における疑義を糺そうという目的で送りました。それに対し、回答はいただきましたが、内容にはまったく誠意がなく、余計、疑念が深まったとさえ思われます。皆さんにも回答書のコピーを配布しましたが、これ、読まれたらわかりますけど、とても真摯に答えた内容とは言えませんよ」

言いながら、北村は回答書のコピーを理事席に配布するよう事務局員に指示し、さらに続けた。

「学園の最高機関である理事会において、構成員である複数の理事が、理事長に疑念を持っていては、今後の理事会の適正な運営を図ることは到底できません。よって理事長の信頼回復がこの場の最優先課題ではないかと思います。そのために、理事長にはなにをおいても質問に答える義務があると考えますが、どうですか」

とたんに複数の理事から拍手が起こり、今度は庄司も黙り込んだため、坂口も了承せざるをえず、質問状関連の質疑が始まった。

「理事長、二〇〇七年度第一二回理事会の議事録『陽光学園に対する追加資金援助の件』について、議事録には『全会一致で承認』と記載されておりますが、当日は『審議に足る資料が不足している』との指摘に対して、改めて資料を提示するとして、採決は採っていない。にもかかわらず『全会一致』と書いてあるのは、いったいどういうことですか。議事録の改竄ではないのか、お答え願いたい」

「おっしゃる通り、確かに資料不足を指摘され、後日、詳細な資料を提示するとしていましたが、陽光学園に対する追加資金援助は承認されたものと理解しました。それでそういう記載になったんやけど、議事録の記述を検討のうえ、後日、改めて連絡するということで、本日のところはご了承願いたい」

「理事長、あなた、おかしいですよ。議事録の訂正もさることながら、一刻も早く詳細な資料を提示いただき、理事会審議を再開しなければならないのが本来のあり方でしょう。ところが残念なことに、陽光学園に対して、すでに一二億円が入金されておるという話です。これは、なんですか。理事会を冒涜する行為ですよ。このような暴挙に走る理事長に信頼を託せと言われても無理です。え、そうでしょう。違いますか」

北村は手にした質問書のコピーを示しながら、さらに迫った。

「次、よろしいですか。理事長はわたしの質問書に対して、『大電工、トップスから役員報酬を得ていた』と回答しておられます。大電工、トップスは学園の取引業者でしょう。いわば取引業者の役員を兼務し、しかもその業者に特命で、積極的に工事を請け負わせている。このことに対して、どういう見解をお持ちなのか答えていただきたい」

「わしは理事会の取り決め通り、トップスの社長は理事長就任と同時に辞めた。理事長就任の条件は、社長を辞めればよいと理解しておったからや。しかるにトップスからは相談役として報酬を得たのであって、これは法律に抵触することでは一切ないと認識しております。

大電工、トップスが学園から工事を受注したんは、彼らの営業努力ですわ」

「理事の行動規範には、『他から金銭その他の利益や饗応など一切受けてはならない』と謳っているこことは理事長もご存じのはずです。理事長が取引業者の大電工、トップスから収入を得ていることは、行動規範に抵触しているのではありませんか？」

と、そのとき、庄司が座ったまま声を荒らげた。

「北村理事の質問は、投書に書かれてあることと類似する内容やで。前回の理事会で投書については全面否定されたやないかい。理事会の席で、再び、投書を持ち出すことは、理事会を冒涜することと一緒やで」

挙手をしないばかりか議長の許可も得ずに発言する、いわゆる不規則発言は国会や地方議会ならいざ知らず、学究の徒が集まる大学の理事会では滅多になかった。しかも発言は明らかに坂口を擁護する内容だったため、会議室にいる全員が庄司を注視した。

北村は咳払いをして、わざとゆっくり庄司に向き直った。

「庄司理事。庄司理事はついこの間まで、坂口理事長がトップスの役員を辞めず、しかも大電工、トップスから収入を得ていることは理事長にあるまじき行為やと強く主張されておられたではないですか。いまの発言は、あなたのこれまでの発言と矛盾しているのではないですか」

とたんに庄司は顔を真っ赤にして反撃した。

「理事長、理事長ッ。いまの発言は個人攻撃や。理事会での個人攻撃は認められんで。第一、わしはそんなこと一度も言うてへんぞ」

「庄司理事。見苦しいですよ。皆さん、知っておられることですよ」

「じゃかしい。なんや、みんな知っとる言うなら、誰と誰や、言うてみ。わしを貶めるような発言は許さん」

もともとプライドの高い性格だけに、机を叩き、激高して騒ぎ立てる庄司に会議室内は騒然となった。たまらず議長席の坂口が議事を一時中断させる。


三〇分後、理事会が再開された。

北村は前にも増して坂口への追及を強めた。

「寄付金に関して伺いますが、学園が募金企業に対する減税措置を求めるため、日本私学振興・共済事業団へ提出する『受配者指定寄付金に係る確認書』のなかで、大電工、トップスに係る確認書の記載には虚偽があるのではないかとの疑義がある。具体的には『寄付企業の役員と学校法人の理事が同一のとき、当該寄付企業の役員会において、所定の手続きを経て寄付を行っている』の項目で、『該当なし』となっています。また『この他に寄付企業が特別の利益を受けることはありません』の項目では『はい』と回答されている。しかるに理事長は大電工、トップスから報酬を得ておる関係企業であることから、この確認書の記載は虚偽となるのではないかという疑念を抱いているのですが、どうですか」

「そもそも受配者指定寄付金の係る確認書は、財務の担当課長が勝手に作成して届け出たもので、わしは知らなかったことですわ。正直言うて、今回の北村理事のご指摘で初めて知ったようなわけで、早速、日本私立学校振興・共済事業団へ問合せ、同事業団の指示に従い、確認書を訂正しました。従って、すでにこの問題は解決済みやということでご理解願いたい。よろしいですかな」

続いて正司が質問に立ち、政治資金パーティーの件について糺す。

「わたしからは二〇〇七年一〇月二二日、大阪リーガロイヤルホテルにおいて開催された『衆議院議員轟ノブ子躍進の集いイン大阪』において、坂口理事長の指示で五〇名もの学園幹部が動員された件について質問します」

正司は、そこまで言ってコップの水を一口含み、それから続けた。ふだん、理事会では滅多に発言することのない正司だけに、心なしか声が上ずっていた。

「まず、この政治資金パーティーは会費が一人二万円だと聞いております。五〇人分で合計一〇〇万円。これは誰が支払ったのかお聞きしたい」

通常ならここで一度質問を切り、坂口の答えを引き出してから、次に進めばよかった。しかし、緊張した正司にそんな余裕はなかった。正司は坂口が答える前に、次の質問を続けてしまった。

「また、権力をもって部下を強要する行為は、行動規範で規制しているパワーハラスメントに該当するのではないか。行動規範は、昨年九月二六日開催の理事会で制定されている。そこから一ヵ月も経たないうちに、理事長自ら行動規範に反する行為を行っていたことは、到底許されるものではない」

「……」

「いままで学園は、轟ノブ子氏との付き合いはまったくなかった。理事長個人のつきあいに大勢の学園幹部に参加を強要することは、学園私物化と言わざるを得ない。理事長の見解を求めたいと思います」

ここまで一気に言って正司が着席すると、それを待っていたかのように坂口が吠えた。

「パーティーは、招待で無料やったんや。従ってお金は誰も払うておらん。タダなんやから、パーティーに出席してなにが悪い。そもそもこれ、半年も前の話やろ。それをいまごろになって持ち出すやなんて、おのれ、なに考えとるんじゃい、どあほ！」

大柄で、色が黒く、いかにも工事現場の荒くれ作業員を相手に鍛えたとわかる迫力と、理事会では滅多に聞かない品のない罵声が響き渡り、さすがの理事たちも一瞬声を失い、会議室は呆気にとられたような静寂が流れた。

それを見て、常務理事の杉田が再び、一時休憩を宣言する。

一〇分間の休憩後、今度は大場が質問に立った。

「理事長は、学園創立六〇周年記念館を、いつの間にかＹＴＩホールと名称変更し、先の理事会ではきわめて独裁色の強い役員選考手続規定の改正案を提出された。このような慎重さを欠く理事会運営に対しては大きな危惧を抱かざるを得ないのですが、どうですか？」

大場は、職員上がりの理事で、いまも学園職員として勤務していることから、坂口に対してはていねいな敬語を使い、努めて穏やかな口調で質問したが、それに対する坂口の返事は、上から目線の完全な部下扱いだった。

「校舎の名称は、理事長の専決事項や。なにも問題はない。あんた、職員のクセにそんなことも知らんのか。もう少し、勉強しときや。あほんだら」

開き直ったばかりか、それこそ最近ではあまり使わない罵声を浴びせる坂口に、大場はもちろん、会議室に居合わせた大半の理事が呆れ返ってしまった。

すぐに北村が立ち上がり、もはやこれまでと最後通牒を突き付けた。

「理事長。あなたは取引業者であるトップス、大電工から高額な報酬を得ておられる。トップスには昨年末まで取締役として就任しておられた。一方で、学園の建設工事に関して、これら高額な報酬を受けている企業に積極的に工事を発注し、しかもすべてが特命による随意契約になっている」

「……」

「また、当学園は両社から多額の募金を得ているが、日本私学振興・共済事業団へは、学園は両社と利害関係にはないと届けている。さらに政治資金パーティーでは、理事長の私的なつきあいに学園職員を大量に動員している。これら一連の行為は、学園の諸規定に抵触し、公平性、透明性、倫理観に欠如しており、人を育てる教育機関、それも最高学府の大学を三校も設置する学校法人のトップとして、著しくその資質に欠けているといわなければならない。極めて遺憾であると思います」

北村の言葉に、坂口は日焼けした顔を真っ赤にして睨み返すばかりで、口は真一文字に閉じていた。

その頃合いを見計らって政光が挙手をした。

「坂口理事長は就任一期二年に過ぎないが、その姿勢に謙虚さはなく、執務執行に公平性、倫理観、説明責任がきわめて欠落している。学園はいま未曾有の危機に直面しており、この状況下で、坂口氏に学園のかじ取りを委ねることには無理があると判断する。ついては、坂口理事長の理事長解任の動議を提案します」

言い終わった政光が着席すると、会議室内にざわめきが起こり、先ほどまで黙っていた駒谷が突然立ち上がって、政光を指差しながら言った。

「きみはなにを考えているのや。解任動議なんて軽々しく口に出すもんやないぞ」

続いて庄司も喚くように声を荒らげた。

「そうや。解任の理由が希薄やないかい。もっと詳しく説明しろ」

そのほかの理事たちも口々に意見を言い始めたため、会議室内は騒然として、収拾がつかなくなった。

そんななか、北村は再びゆっくりと立ち上がった。

北村は大柄で肩幅が厚く、恰幅がよかった。北村が立ち上がって周囲を見回すと威圧感があり、それだけで会議室は静かになった。

北村は鋭い目で坂口を見据えて口を開いた。

「理事長解任の動議が提出された以上、理事長には退席してもらわんといけません。次いで解任動議に対する賛否の決をとるための議長が必要です。議長には理事長代理を務めておられる杉田常務理事を推挙したいが、異存ありませんか」

「異議なし」

「異議ございません」
二、三の理事から声がかかった。
北村に促されて坂口が会議室から退去し、杉田常務理事が議長席に着席した。

「ご指名により解任動議についての議事を進める議長を務めさせてもらいます。まず、理事長職解任動議を議題とするかどうかの採決を行います。それでは、理事長の解任動議を議題とすることに賛成の諸君の挙手をお願いします」

言いながら、杉田は挙手した理事の数を数えはじめた。

「一、二、三、四、五、六……六名です。念のため解任動議を議題とすることに反対の諸君の挙手をお願いします。一、二、三……七名です。よって本案は否決されました。以上」

六対七――。

動議を議題とすることに賛成の理事は北村、大場、大泉、政光、正司、山口の計六名。同じく議題とすることに反対の理事は伊藤、森、石井、駒谷、庄司、杉田、柳井の計七名。

六対七で、政光が提案した動議は否決された。

三大学の学長は、伊藤以下全員が否決に回り、校友会の庄司と弁護士の駒谷も否決に票を投じていた。

え、なんで？

いったいどうしたのか。

政光は、杉田の声がどこか水中の深いところで話しているように聞こえ、いまなにが起きているのか、にわかには信じられなかった。

それは北村も同じだった。

よもや解任動議が、議題とするかどうかの採決で否決されようとは、想像だにしていなかった。

いつ、どこでボタンの掛け違いがあったのだろうか。

淀工大学長の伊藤は、坂口の目の前でなければ解任動議に賛成すると言っていたが、結局、動議には反対した。

伊藤が賛成に回っていれば、結果は逆になっていた。

なぜ伊藤は、事前に北村と交わした約束を破って坂口支持に回ったのだろうか。

庄司の裏切りはある程度予想できたが、それにしても元国労幹部を経て日本社会党所属の市議会議員まで務めた男が、ここまであからさまに裏切るとは、これもまた予想できないことだった。

庄司が、ここまであからさまに裏切る背景には、よほどなにかの事情があったのだろうか、あるいは北村たちを裏切っても得られる大きな利益があったのかどうか？

弁護士の駒谷にしてもそうである。

日本弁護士会の副会長をし、かつ大阪弁護士会の会長をした駒谷なら、オピニオンリーダーとしての公平性、社会性、社会正義を貫いて悪を告発する義侠心にあふれているはずと、北村は信じて疑わなかった。

そんな理想論で人を見ていた自分が甘かったというのだろうか？

後悔とも悔恨ともつかない砂を嚙むような空疎感が北村の全身を通り抜けた。

7

坂口に敗れた。

政光は、理事長職の解任動議が否決されたというより、坂口に敗れたことがショックだった。あの坂口がなぜ多数の支持を得たのか、それが信じられなかったのである。

理事会を飯場にした男——。

坂口は、理事の一部からそう呼ばれていた。坂口が理事長に就任した直後、淀工大の前学長北川禕一と理事長室で会談した際、北川の発言がよほど気に障ったのか、いきなり面と向かって罵声を浴びせた。

「じゃかしい。おんどりゃ、なにを考えとんのじゃ。ぶち殺すぞ」

工事現場の作業員を「土方」と称した一時代前の、まさに飯場の親方そのもの、というより崇高な教育現場の、それも最高学府の理事や教職員間では、ついぞ聞かれたことのない品性のない発言に、北川はほうほうの体でその場を退散し、軽蔑の思いも込めて教職員仲間に漏らした言葉が学園内に広く流布してついたあだ名だった。

こうした坂口の品性のない発言は、その後もことあるごとに散見した。

理事会の席でも坂口は、自分の気に入らない発言があるとすぐに「おんどりゃ」とか「じゃかしい」といった罵声を平気で浴びせていた。

それだけに、表向きは「理事長、理事長」とへりくだっていても、心の底から坂口に尊敬の念を抱いている理事や教職員は誰一人としていないと、政光は確信していた。

いわば、みんなに毛嫌いされ、蔑まれ、疎まれている——。

そんな坂口が、支持されるわけがない。むろん、坂口に恩義のある人間は支持するだろうが、それはほんの一部で、それ以外は、北村と政光がきっかけを作ってやれば雪崩を打って坂口解任に走ると読んでいた。

三大学の学長は、その先陣を切ってくれるに違いない……。

それがいつの間にか支持する側に回っていた。

なぜ？

やがて坂口側の多数派工作の実態が明らかになってきた。

数日して、大阪市内で大昭学園校友会の懇親会が開かれた。

校友会長を兼任する庄司正臣は、挨拶の席上、こう言った。

「先日の理事会で、坂口理事長の解任動議が提出されました。これは坂口理事長にとって代わって学園の実権を握ろうとする一部理事の仕業でした。しかし、解任動議は否決された。今後、不穏分子が接触してきても、皆さんは決して同調しないようにお願いします。またそういった状況に置かれるようなことがあれば即刻、ご報告願いたい。宜しくお願い申し上げまして、わたくしのご挨拶にかえさせていただきます」

校友会の懇親会に出席した評議員の一人は、校友会はまるで坂口の支援団体みたいな発言やったでと、政光に知らせてきた。

同じ懇親会で来賓として挨拶した坂口も、庄司の発言に呼応するかのようにこう述べた。

「今回の非行は、私腹を肥やそうと企む理事が、悪事をわたしに押し付け、事実無根の事柄でわたしを退陣に追い込もうとしたものです。わたしは大学のことだけを思って理事長を務めています。やましいところはまったくありません。今後、今回のような大学を悪くしようとする者が皆さんに接し、情報を得ようと画策するかわかりませんが、決して耳を傾けないようにお願いします」

勝てば官軍だから、なにを言われてもやむをえない。

政光はある意味でそう観念していた。

しかし、坂口の多数派工作の実態がわかるにつれて、観念してばかりもいられなくなった。坂口のやり方が、あまりにもひどすぎたからである。

「政光さん。庄司が坂口に寝返った理由がわかったで」

そういって土師監事が電話をかけてきた。

「なにかあったんですか」

「あったもなにも、大ありですわ。庄司の息子は摂津市内で庄司設備いう小さな水道工事店を営んでいるんやけどな、そこに今後、半永久的に大電工から下請け工事を発注するという約束を取り付けたそうですわ」

このご時世、ガリバー企業の大電工から半永久的に下請け工事が舞い込むとしたら、庄司水道工事店は、一生食いはぐれることはない。

「やはり、坂口は飴玉をしゃぶらせたんやな」

「それだけやない。理事会当日、坂口は庄司に三〇〇〇万円を現金で手渡したそうや。理事会の前にわざわざ面談したんはそのためやったんや」

政光自身、かつては金を掴まされた当事者だっただけに、坂口ならやりそうなことだと納得した。

それでは、淀工大学長の伊藤はどうだったのだろうか。

じつは北村や政光の動きは、二人のスパイによって逐一、坂口に伝わっていた。密告していたのは庄司と弁護士の駒谷である。とくに駒谷は、北村が事務所から帰ると、その足で北村の資料ごと、坂口の許に持ち込んでいた。当然ながら、伊藤が北村に説得されたという情報も、その日のうちに坂口に伝わっていた。

情報を得た坂口は、ただちに寝屋川大学長の石井と東広島大学長の森を呼びつけ、頭ごなしに圧力をかけ、自分への支持を取り付けた。

そのための切り札も持っていた。

理事長としての人事権である。

「学長を続けたいなら、解任動議には賛成するな。賛成するのなら、いますぐ辞表を出せ。辞表を出せば退職金だけは満額認めてやる。それがいやなら、わしを支持せい。わしを支持すれば、二期四年の学長任期をもっと延ばすよう約束してもええぞ」

学長人事は理事会の承認なしには決められない。

そういう規約はあっても、それは平和時の綺麗ごとにすぎない。

戦時下同然の状況で、目の前の理事長から面と向かって詰問されたら、温室育ちの学究の徒である二人に対抗する術はなかった。大学の教授だとか学長だといっても、坂口から見れば世間知らずの甘ちゃんでしかなかった。

うろたえてすぐには決断できない二人の学長に向かって、最後のとどめを刺す言葉も坂口は用意していた。

「第一、北村は右翼の大和了平の女婿やないかい。いくら綺麗ごとをいうても、腹の中は学園の乗っ取りに決まっとる。わしを追い出して、そのあと自分が座って独裁政権を敷きたいだけや。そんなんに賛同したら末代までの笑いものになるで」

脅したり、すかしたり、坂口の説得術は巧妙だった。

そうやって石井と森を最初に押さえ、そのうえで坂口は伊藤を攻略した。

まず、仲間を分断する。

そのうえで外堀を埋める。

坂口は、だてに談合屋の元締めを長年やっていたわけではなかった。

談合をまとめるには、さまざまな利害関係を調節しなければならない。ときには金を握らせ、ときには女をあてがい、ときには嘘の情報を流し、あるいはときには反社会勢力を使ってでも、お互いの思惑が一致する妥協点を見出す。

いわば坂口はネゴシエーターのプロであった。ネゴシエーターのプロにとっては、駒谷弁護士を抱き込むことも、屁でもなかっただろう。

駒谷については、後日、想像もしていなかったことが判明した。駒谷は、不良債権整理回収機構の社長を務めた鬼頭明夫弁護士と、かつて日弁連や大阪弁護士会で席を同じくし、弁護士としてのいわば師弟関係にあった。

その鬼頭を、北村は不良債権回収に絡んで刑事訴追したことがあり、その折に、駒谷は何度も北村に訴えを取り下げるよう要請したが、北村は取り下げを拒否した。

以来、駒谷はずっとそのことを根に持っていたというのである。つまり、駒谷は坂口と裏でつながっていた。北村にすれば、とうの昔に忘れていたことだったが、相手はそうではなかった。それも含めての情報戦と考えれば、坂口は一枚も二枚も上手だった。

ただ単に、正論を吐き、心情に訴え、正攻法で真正面から突き進んだ北村や政光のやり方など、坂口にしてみれば赤子の手を捻るよりも簡単なことだったに違いない。

さて、どうするか――。

理事会の翌二九日から二日間、政光は久しぶりに有給休暇を取って休んだ。といっても、とくに外出する用事があるわけではなく、政光は一日中、自宅のまわりの雑草を抜いて時間を潰した。

雑草の若い芽は指先でも簡単に抜けた。ところが、少しでも成長した雑草は驚くほど地中に深く根を張っていて、思い切り力を込めても、容易には抜けなかった。そんな雑草のしぶとさが、政光には坂口の姿そのものに映った。

昨日の時点で理事長の解任動議は否決された。

しかし、北村と政光は諦めたわけではなかった。

大昭学園を正常な姿に戻すために、やることはまだいっぱいある。文科省にも、司法にも訴えて公正公平な目で判断してもらう。

そのためには感傷に浸っている暇はない。

そう思いながら、だが、その道のりは途方もなく遠く、そしていったん地中に深く根を張った雑草を引き抜くのと同じように容易なことではないと、改めて自分自身に強く言い聞かせたのだった。

おわりに

本書はあくまでもフィクションであり、実在する人物や団体とは関係がないことをお断りしておく。しかし、まったく架空の物語であるかというと、そうではない。実際に起きた事件を題材にして小説化したものである。

このところ、私立大学のあり方が話題になって久しい。

一国の総理大臣を巻き込んだ獣医大学新設問題では、なかなか表に出てこない理事長の存在と、その周辺で「忖度」なる難しい言葉を世間に定着させた官僚や政治家の水面下での暗躍ぶりが垣間見てとれた。ふつうの民間企業なら、いったい何人の首が飛んだかわからない重大な公文書の破棄、改竄、嘘の報告などの問題を含みながら、理事長も事務局長も、さらには官僚も減給程度の処分でお茶を濁している。

もう一つのアメリカンフットボールの対抗戦における悪質タックル事件に端を発した問題は、マンモス大学における運動部のあり方と、その頂点に立つ理事会のあり方が問われたが、同時にここでもメディアに登場しない理事長の存在の異様さ、大学運営のために保険のセールスから旅行代理店業務まで傘下に収める大学事業部の活動ぶりなど、これまで表に出てこなかった私立大学の裏の部分がかなり炙り出されたように感じるのは、著者のみではないだろう。

そんなさなか、今度は文部科学省の私立大学支援事業を巡って、同省科学技術・学術政策局長が、私立医大に対して補助金交付に便宜を図る見返りに、あろうことか自分の息子を裏口入学させてもらうという汚職事件が発覚した。この事件でも、主導的役割を果たしたのは私立医大の超ワンマン理事長だったことがわかっている。私立大学の理事長は、なぜワンマンになるのか。あるいは私立大学という組織は理事長がワンマンになりやすい構造的な欠陥でも抱えているのだろうか。

少子化とグローバル化が著しいスピードで進む今日、日本の私立大学は、教育の質の維持と学園経営の両面で曲がり角を迎えているといっても過言ではない。

ちなみに、実際の事件ではこの後、北村や政光は大昭学園の正常化に向けて徹底した闘いに挑んだ。

具体的にそのあらましを紹介しておこう。

まず文部科学省私学部に出向いて参事官と面会。資料を提示したうえで、坂口理事長の不正行為を説明するとともに、一日も早い文科省による監査の実施を強く要請した。

駒谷弁護士については大阪弁護士会宛に懲戒請求を行った。請求の趣旨は「理事として審議に参画した理事会において利益相反の不正行為を弁護士として見逃した、弁護士としての資格欠如」というものである。

また大阪府警に対しては、轟ノブ子を「政治資金規正法違反による背任行為（轟ノブ子を励ます会における不明瞭なパーティー券販売）」として刑事告訴した。

大阪地検に対しても、坂口理事長と杉田常務理事、それに学園財務局長の三名を「刑法第二四七条（背任行為）」で告発した。淀工大一〇号館建設工事に際し、理事会の承認を得ずに発注したのみならず、見積価格を大幅に水増しした金額を学園に支出させて、学園に財産上の損害を与えたという理由によるものである。

とりわけ淀工大一〇号館新築工事発注に関しては、当初、工事請負業者三社ＪＶのスポンサーだった鵜沼組の営業部長・匹本善男の協力を仰ぎ、当事者しか知りえない内部情報を含め、坂口の背任容疑を裏付ける証言を引き出し、それを上申書にまとめて大阪地検検察官に提出、捜査の進捗を促すこともした。同告発に絡んで、一時は坂口の片腕とも称されたトップスの元取締役・河本芳弘より、不正の実態を暴く内部告発を受けて、これも上申書にして大阪地検に提出した。さらに東京地検に対しても、淀工大一〇号館建設工事に絡む談合容疑で東松建設を刑事告訴した。

いずれも解任動議が否決され、もはや学園内での自浄作用は期待できないと判断、司直や監督官庁の手に委ねるしかないと考えた結果だった。

しかし結論を先に述べると、こうした外部への働きかけはすべて不首尾に終わった。

北村らが提出した資料に不備があったわけではない。検察の動きが鈍いと判断すると、自分たちで内部告発者や証言者まで用意して捜査の進捗を促しているのである。

そういう経緯から、あえて誤解を恐れずにいえば、監督官庁の官僚や司直、警察などの担当者に、不正を不正として見逃さずに糺していこうとするプロ意識、やる気が最初から欠如していたという印象を抱かざるを得ない。

本書で紹介した事件のみならず、昨今、首相案件という言葉で有名になった小学校建設に絡む国有地払下げ問題における財務官僚の無責任さ、その告発を受けた大阪地検の家宅捜査すらしないやる気のなさ、あるいは前記・獣医大学新設問題における文科省の対応ぶりはもとより、私立大学支援事業に絡んで息子を医大に裏口入学させる汚職事件にいたっては、世界一と称された日本官僚の優秀さも、いまは昔。かなり劣化が進んでいると断言してよいだろう。

物事を前に進める強いリーダーシップは、往々にして強引な独裁政治を招く危険性を孕んでいるとともに、それは多くの関係者の「触らぬ神に祟りなし」といった事なかれ主義のうえに安住していることを忘れてはならない。

いうまでもなく私立大学の運営には、経営サイドの理事会はもとより、教職員とそこに学ぶ学生、そして地域や父兄など、学園関係者のすべてが高い意識をもって協力し合うことが大切だが、そのために公開されるべき情報はあまりにも少ないといわざるをえない。

はたして、日本の私立大学はこのままでいいのだろうか？

そんな疑念を抱きながら、私立大学とともに歩まざるを得ない多くの学生諸君、その父兄、教職員、地域社会、それらを含めた私学関係者すべての皆さんにとって、本書が私立大学のあり方を考え直す一助になれば、著者としてこれに勝る喜びはない。

※カバーに使用した画像は、本書の内容とは一切関係ありません。

小説《しょうせつ》　学《がく》を喰《く》らう虫《むし》

2019年11月20日　初版第1刷

著　者——北村《きたむら》　守《まもる》
発行者——坂本桂一
発行所——現代書林
〒162-0053　東京都新宿区原町3-61　桂ビル
TEL／代表　03(3205)8384
振替00140-7-42905
http://www.gendaishorin.co.jp/

ブックデザイン＋DTP——ベルソグラフィック
カバー写真——PIXTA、Barbara Baranowska(Shutterstock)

印刷・製本　広研印刷㈱
乱丁・落丁本はお取り替え致します。

定価はカバーに
表示してあります。

ISBN978-4-7745-1806-0 C0093